星界的纹章 I

星界の紋章 帝国の王女

帝国公主

[日] 森冈浩之 著　　果露怡 译

新星出版社　NEW STAR PRESS

CREST OF THE STARS 1 © 1996 Hiroyuki Morioka
This book is published by arrangement with Hayakawa Publishing Corporation through Bardon-Chinese Creative Agency Ltd.
CREST OF THE STARS 1 edition copyright:
2022 Chengdu Eight Light Minutes Culture Communication Co., Ltd.
All rights reserved.
著作版权合同登记号：01-2022-1667

图书在版编目（CIP）数据

星界的纹章．Ⅰ，帝国公主／（日）森冈浩之著；果露怡译．－－北京：新星出版社，2022.8
ISBN 978-7-5133-4902-4

Ⅰ．①星… Ⅱ．①森… ②果… Ⅲ．①幻想小说－日本－现代 Ⅳ．①I313.45

中国版本图书馆CIP数据核字(2022)第066963号

光分科幻文库

星界的纹章Ⅰ：帝国公主

［日］森冈浩之 著；果露怡 译

责任编辑： 杨 猛
监　　制： 黄 艳
特约编辑： 罗超群　姚 雪
责任印制： 李珊珊

出版发行： 新星出版社
出 版 人： 马汝军
社　　址： 北京市西城区车公庄大街丙3号楼 100044
网　　址： www.newstarpress.com
电　　话： 010-88310888
传　　真： 010-65270449
法律顾问： 北京市岳成律师事务所

读者服务： 010-88310811　service@newstarpress.com
邮购地址： 北京市西城区车公庄大街丙3号楼 100044

印　　刷：	北京天恒嘉业印刷有限公司
开　　本：	780mm×1092mm　1/32
印　　张：	9.125
字　　数：	167千字
版　　次：	2022年8月第一版　2022年8月第一次印刷
书　　号：	ISBN 978-7-5133-4902-4
定　　价：	48.00元

版权专有，侵权必究；如有质量问题，请与印刷厂联系更换。

前言

各位中国读者好,很高兴认识大家。

我是森冈浩之。

这套《星界的纹章》是我的第一部长篇小说,日月如梭,距离完稿眨眼已经过去了四分之一个世纪。

也因此,书中有些内容在如今的读者看来可能有些过时。不过,我敢保证故事足够有趣。

正如第一卷的后记所说,我出道是在1992年,之后好几年都只是时不时发表个把短篇而已。

我想写什么就写什么,然后投稿,如果对方认可我的水平,那就发表。我是一点儿压力也没有,相应的,创作收入也少得可怜。

在我想写的主题里,其中一个就是"星际国家"。

小时候,艾萨克·阿西莫夫的"基地三部曲"曾让我手不释卷。

作者对这部作品有个评价，大意是说"银河规模的国家，不能只是把地球上这些国家简单扩大而已"。读到这段话时我应该还在上中学，很遗憾，现在已经记不清出处，具体内容说不定也有偏差。

不过，我始终惦记着这句话，想自己构思一个独特的星际国家。靠短篇小说描写星际国家实在有难度，就势必要写成长篇。

也就是说，我这辈子首次尝试长篇小说，不是出于工作委托，也并非为了追求更高的创作境界，纯粹是因为需要足够的篇幅来装下我想写的主题。

要写星际国家，必然少不了往来各个星系的超光速航行法则。具体采用哪种航行法则，又会左右星际社会的政治和经济形态。

"曲速引擎"是科幻作品中传统的超光速航行方式，受电影和漫画影响，这在日本当时的所谓"御宅族"群体中已经是常识。

不过，正因为曲速引擎太过普遍，我更想独创出新的超光速航行方式。

于是我就琢磨出了"平面宇宙航行法"，其实也只是某种形式的虫洞航行，算不上有多独特，不过，我自认是相当有趣的架空技术。

接着，我以"平面宇宙航行法"为基础，开始设计星际国家。在我进行各种构思的过程中，脑海中清晰地浮现出一个受亚人统治的帝国。人类居住在行星表面，亚人栖息于宇宙空间，以生态隔离的方式来维持帝国坚不可摧的体制。

统治帝国的种族源自基因工程，拥有靠直觉把握四次元时空的能力，以便在宇宙空间活动。

要想发挥这种能力，就少不了用于接收外部信息的连接器。起初我考虑过用手术的方式植入机器，不过感觉不太有趣。

我一时犯了难，直到想起动物天生就有接收电磁波的器官。没错，就是"眼睛"。你瞧我，多糊涂。

于是，我想到可以给额头加上第三只眼。不过，眼球这种东西其实很占体积，增加一只，大脑也会随之受到挤压。

所以我又开始琢磨。关键是能接收信号就行，并不需要在视网膜上成像。那就比照昆虫的复眼，设计成单眼的集合体就足够了，不仅节省体积，也更符合原本的目的——像这样，不知不觉我就把星际国家丢到一旁，只顾着为这个统治种族设计外形了。

我把这种亚人命名为"亚维"，他们统治的帝国则叫"亚维人类帝国"。

当时我并没意识到，其实亚维的造型多少受了麦克·穆考克[1]作品的影响。

美尔尼博内人是穆考克所著《艾尔瑞克传奇》[2]中登场的种族，外形酷似人类却非人，擅长魔法，美丽又任性。

再看本作中出现的亚维，借由基因工程获得了长生不老和美丽外表。他们虽然没法使用魔法，不过有上述的特殊能力，操作起宇宙飞船就跟我们骑自行车一样容易。

总之，我尽情享受着创作过程，甚至还为亚维设计了语言。

日语中存在"义训[3]"这种用法。日语的注音基本也是用来标注汉字的读音，不过有时并不对应汉字原本的发音，而是用来指定当前场景下的特殊读音。

义训在科幻作品里也时常发挥妙用。

二十世纪八十年代，诞生了新的科幻门类"赛伯朋克"，开山鼻祖是威廉·吉布森的《神经漫游者》。这本书被已故的黑丸尚先生翻译成日语，先生在翻译时使用

---

1. 麦克·穆考克，生于1939年，迄今已出版80多本小说和非小说图书，是英国的多产作家和编辑。
2.《艾尔瑞克传奇》，是英国科幻作家麦克·穆考克所创作的反英雄奇幻小说。
3. 义训，以字义为主的训解方式。

的文体影响了后世的众多日本科幻作家。

他大量使用义训，用汉字自造词来表示作品中出现的陌生概念，再标注上英语原文的发音。比方说，原文"Cyberspace"译成汉字"赛博空间"，再用片假名标注英语发音。类似的还有写作"模拟体验"，读作"Simstim"。

我也是被黑丸先生的帅气文体迷倒的读者之一。

《星界的纹章》在创作时就采用了这种方式，也就是说，用汉字新造出作品中的术语，再用架空的亚维语来注音。

我在写这篇序言时，还不清楚中文版的翻译会如何处理亚维语注音。

顺带一提，这套书出过两次英译版。第一版在翻译时直接使用亚维语，然后在卷末附上词典，我很担心这样会给阅读增加难度。第二版翻译选择在亚维语后加括号进行说明，这种方式应该好读得多。

不过，中文读者光看汉字自造词应该就能理解含义，说不定还会直接省去亚维语发音这部分——从易读的角度出发，这应该是明智的选择。

既然译成中文，首选肯定是让中国读者能够轻松畅快地享受阅读的乐趣。

很高兴能在八光分文化及工作人员的努力下,将本作呈现给各位。

只要你能读得开心,就是我最大的荣幸。

森冈浩之
2022年4月24日

这枚纹章上描绘的生物叫作"加弗特诺休",
它是条长着八个头的异形怪龙。
人们早就遗忘了这只传说中的神兽,
直到某个帝国将其选为纹章的图案,加弗特诺休才一跃成为最著名的虚构生物——
因为,这个帝国是人类历史上最强大的国家,无出其右。
建立帝国的种族叫作"亚维",或者也可以沿用他们引以为傲的自称:"群星的眷属"。
总而言之,这里就只介绍加弗特诺休吧。
毕竟,有不少书是介绍那个种族的。

——摘自罗伯特·洛佩斯《栖息于地球的神兽》

出场人物

杰特——马汀行星政府主席之子
拉斐尔——巡察舰"哥斯罗斯号"翔士修技生
蕾克修百翔长——巡察舰"哥斯罗斯号"舰长
雷利亚十翔长——巡察舰"哥斯罗斯号"副舰长
克罗华尔——费布达修男爵领地的统治者
斯鲁夫——克罗华尔的父亲,前任费布达修男爵
赛尔奈——费布达修男爵的家臣
杜林——杰特在戴尔库图行星时的朋友

目 录

序　章	*1*
戴尔库图宇宙港	*27*
翔士修技生	*51*
爱之女	*65*
"哥斯罗斯号"巡察舰	*91*
帝国公主	*117*
紧急状况	*135*
"哥斯罗斯号"之战	*159*
费布达修男爵领地	*183*
亚维的微笑	*205*
杰特的怒火	*225*
前任男爵	*245*
附录：帝国星界军翔士军衔背景介绍	*267*
后记	*271*

星界的纹章 I

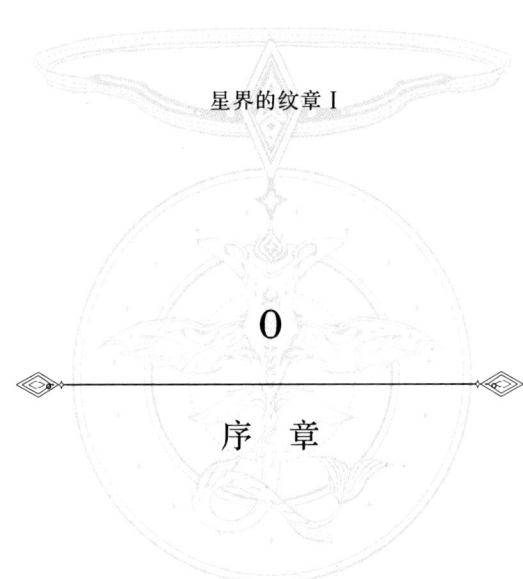

0
序 章

夜空朗朗。

久久凝视，仿佛整个人都要被吸入满天繁星。

群星之间，一颗卫星缓缓滑动。这颗卫星三十天前才首次出现在马汀行星，就像在俯瞰众生，威慑这里的居民。

卫星散发着磷光。据说地球也有一颗卫星，叫作月球，不知看起来是否也是这样。

有光点从卫星下方一划而过，想必是亚维的宇宙战舰。对马汀的一千万居民而言，那才是实实在在的威慑。

光点不止一个，而是多达好几十。无论从哪个方向眺望夜空，目之所及总少不了其中某一个。此刻，正好有成群的光点宛如结伴嬉戏的马汀萤火虫，从漆黑的异域密林幽深处簇拥而上。

在泛着微光的巨大球体周围，光点尤其密集。仔细观察，还会发现它们在球体中进进出出。

光群拖着粗长的光迹，以星星无法企及的速度划过天空。有的甚至接近地表，竟能依稀看出形状。

如梦似幻。

本该是让人憎恨的景象，杰特却看得入了迷。

杰特·凌，时年八岁。按照部分怀旧主义者坚持的地球标准历计算，他应该是十岁。不过无论如何，他都还是个稚嫩的少年。

此时，早就过了小孩子睡觉的时间，杰特却在复合功能建筑的屋顶公园里,仰望着异样的夜空。

在杰特还没有出生的很久很久以前,那时人类还只居住在名为太阳系的星系当中……

某国派遣的奥尔特云调查飞船,在距太阳0.3光年外的空域发现了一种神奇的基本粒子。这种粒子的质量约为质子的一千倍,但它的奇异之处不仅于此,还有更加难以理解的特性。

这种粒子放射着约五百兆瓦的能量,没有人能解释这些能量从何而来。

为此,有人提出所谓的白洞理论。但也有人认为,称谓不重要,叫异次元、亚空间、超空间都可以,这是我们宇宙与其他宇宙之间的屏障上开出的洞。

虽然众说纷纭,但充其量都是臆测,连假说都谈不上。

总之,这种粒子被命名为"尤亚诺",对它的研究随即展开。研究的重点也并非探明其本质,而是探明如何使用它。

当时,人类已经掌握核聚变技术,解决了能源问题。不过,放到宇宙空间,又要另当别论。

为了提高在恒星之间旅行的效率,首先必须解决质量比这一难题。要想在有生之年抵达相邻的恒星,必须携带大量燃料,其重量是飞船与所载货物之和的好几百倍。这是物理学框定的准则。

搭载燃料型核聚变推进器难以投入使用。"巴萨德"冲压发动机被寄予厚望，然而也受星际物质的密度制约，仅仅停留于理论。湮灭[1]推进器更是遥不可及，而且即便得以实现，依然不能解决质量比问题。

不过，如果使用尤亚诺来为宇宙飞船提供能源，就可以直接跃过质量比的难关，因为根本不需要使用燃料。

于是，人类设计出了第一艘尤亚诺推进式宇宙飞船。

推进器的基本构造是个圆筒，圆筒中心有磁力回路，以此保存尤亚诺粒子。圆筒内部由高温超导材料做背衬，用于反射尤亚诺放射出的带电粒子。部分电磁波会被吸收，剩余能量经由散热片向真空辐射。至于呈电中性的粒子，则由内筒和构造物之间的填充物吸收即可。

想全力加速时，就将圆筒的一端封闭起来，让能量的湍流往一个方向集中。不想加速时，就把两头都敞开，让能量均等地往两端释放。对两端的开合程度加以控制，还能自由调整加速度。

虽然面临技术和经济上的困难，但当时地球上的人口和争端问题已经迫在眉睫，成为促成尤亚诺推进器的强力后盾。

---

1. 湮灭，指当物质和它的反物质相遇时，会发生完全的物质–能量转换，转为能量的过程，又称互毁、相消、对消灭。

彼时，人类已经使用无人核聚变推进飞船完成了周边星系的勘察。得出的结论是，放眼整个银河系，大气中含有游离氧的星球凤毛麟角。即便具备合适的恒星距离和重力，也还涉及其他因素，比如星系形成时的原始条件、岩石成分的比例等等。地球这样的行星，实属万里挑一。这也意味着，很难有适宜碳基生物居住的行星。

不过，当移民外星系计划排上日程，这就成了小问题。要知道，在严峻的人口压力下，人类被迫掌握了行星改造技术，而且已经在金星和火星上实践成功，可谓驾轻就熟，只需灵活运用到其他星系即可。对那些起源于异星的生命体，也没必要去为哲学上的伦理问题而烦恼。

就这样，第一艘名为"开拓者"的尤亚诺推进式宇宙飞船建造完成。它的任务是运送开拓殖民据点所需的人员和物资。

一旦搞定定向能量推进[1]基地，就不必动用宝贵的尤亚诺推进飞船，完全可以通过太阳帆做动力的宇宙飞船进行人员和物资的交换。

但凡人类发现和故乡有些微相似的行星，就会立刻行动，通过改造火星型或者金星型的行星，逐步扩大居住圈。如果

---

1. 定向能量推进，又叫作光束动力推进，是一种使用从远程发电向航天器发射能量来提升能量的推进方式。

大气稀薄，就把浓度增加到可以呼吸；如果气压过大，就把多余的部分固定下来进行稀释。就这样改造大气、生成土壤、构筑生态系统……

随着居住圈的扩大，人类发现了更多的尤亚诺粒子，同时造出更多的恒星移民飞船。不仅是太阳系内，就连殖民星系也开始建造尤亚诺飞船。

马汀先民乘坐的恒星移民飞船名叫"莱夫·埃里克松[1]"。当时尤亚诺粒子已经不算太过稀缺，尤亚诺推进飞船的用途也不再局限于建设殖民据点，而是涉及殖民计划的方方面面。不过，"莱夫·埃里克松"负责执行的任务还涵盖着更为前期的阶段，包括勘查和选定新的居住地。

换句话说，登上"莱夫·埃里克松"，就意味着"滚去别处自生自灭"。

既然被扫地出门，"莱夫·埃里克松"的乘客和乘务员们索性定下了更为远大的抱负——一定要找到一颗大气中富含氧气的行星才罢休。

他们历经好几代人，四处漂泊，始终坚信存在着宜居的异域生态系统。终于，他们发现了一颗位于G型恒星轨道上的蔚蓝行星。恒星以第 任船长"海德"之名命名，富氧行

---

1. 莱夫·埃里克松（约970–约1020），北欧维京探险家，比哥伦布早五百年抵达美洲。

星则以时任船长"马汀"为名。马汀行星上虽然没有智慧生命,却遍布奇特的动植物。搭乘"莱夫·埃里克松"而来的殖民者们小心呵护着异质的生态系统,慢慢繁衍生息。

恒星移民船"莱夫·埃里克松"完成了使命,在成功殖民之后,她被系泊在马汀行星的轨道上,成为一座纪念碑。

着陆历一七二年第一季五十七日,"莱夫·埃里克松"毫无预兆地爆炸了。之后,只剩下一颗释放着磷光的卫星。不过,这颗所谓的卫星并没有坚实的地面,甚至也不是气团,而是一个没有实体的球状特异空间。那是禁锢在"莱夫·埃里克松"里的尤亚诺粒子爆炸后的模样,也是马汀行星上无名月亮的真面目。

随后,从爆炸中心驶出一艘宇宙飞船。这艘飞船拒绝一切通信,兴味盎然地围绕马汀行驶了三周,才在民众不安的目光下,返回球状空间。

正当人们准备调查球状空间,弄清神秘宇宙飞船留下的这个"纪念品"时,还没等政府列入预算,就彻底丧失了调查的机会和意义。

因为就在同年同季的八十一日,忽然从球状空间中驶出了一支大型舰队。

这次是由对方主动发起通信。估计他们分析了二十四天前的电波,查出马汀语是基于英语的语种,于是事先在翻译器里设置好了这种语言。马汀方面理解起古代语言也不算难事，所以双方的首次接触并没有语言上的障碍。

他们自称"亚维"，这是种族的名称。除了一头蓝发，他们的外表跟人类别无二致，而且个个都年轻俊美。他们是这样陈述的：即便在你们看来略有不同，其实我们也是地球之子，只是稍微修改了一下遗传基因而已。

据称，亚维统治着约一千五百个有人星系，以及超过两万个半有人星系。其统治机构，也就是国家，正式名称叫作"亚维人类帝国"，简称"亚维帝国"。

星系政府立刻提出交涉，希望缔结友好条约。然而，率领侵略舰队的亚布里艾尔司令长官却一口回绝。

"非常遗憾。"亚布里艾尔司令长官这样说，"我的使命并非为帝国结交友邦，而是为皇帝陛下的领土扩充一个世界。"

原本就有人质疑亚维派遣武装舰队是否出于侵略意图，可即便是这些质疑派也大为震惊，毕竟谁也没料到对方会如此明目张胆地宣布侵略。按理说怎么也要做做样子，哪怕立刻翻脸实施威胁恫吓，起码也该先进行交涉。

马汀又提出与非军方的外交官沟通，也被驳回。

司令长官说道："我本人，不仅仅是军人，同时也是外交官。实际上，还是皇太子。我本人就代表了帝国的意志，至少在你们的处境问题上是如此。我理解你们的慌乱，所以接下来会向你们说明成为帝国臣民的待遇。不过，我不会接受你们关于主权问题的交涉。对我而言，这里已经处在帝国的管辖之下。"

当然，说明是必须的，不止政府的相关人士，这也是普通民众的迫切需求。

随即，司令长官在旗舰中的讲话画面被同步直播，普通民众这才第一次看到侵略者的真面目。

只见及腰的藏青长发中，露着尖尖的耳朵。在精致头冠的映衬下，这位从宇宙而来的侵略者，倒更像是童话故事中登场的妖精。他的脸庞洁白如初雪，看外表是名二十五岁上下的俊美青年；宛如美女的面孔上写着沉郁，昭示着征服海德星系的任务是何其无聊。

"那就让我粗略介绍一下帝国同地上世界的关系吧。"亚维帝国的皇太子声如银铃。他所说的亚维语马上翻译为古代英语，再由马汀方面的自动翻译器转换回现代马汀语。"首先，帝国会将贵族封授到你们的星系。鉴于此星系的特殊性，暂时应该会由皇帝陛下亲自担任你们的领主。当然，陛下日理万机，会下派代理官员。

"在我们看来，统治地上世界远远谈不上优雅。只要地上居民能够自理，领主或者代理通常就不会多加干预。不用说，你们也适用于这一原则。

"请你们选出自己的代表，此人将负责与领主、代理甚至帝国中央的沟通。至于你们要如何称呼这一职位，我们并不介意，可以是总统、主席、议长、甚至叫皇帝亦无不可。

如果你们依然幻想自己是独立国家，大可选择外务大臣的称谓。只是，在帝国的官方文件上，此人的地位都会统称为领民代表。

"自不用说，你们可以自由决定人选。选举、世袭、指定、抽签，全都随你们高兴。只是，领民代表必须获得领主的承认。虽然原则上只是走个过场，不过如果此人明显主张脱离帝国，领主也会行使否决权。

"领主并不具备征税权。相应的，帝国承认领主独享同其他星系进行贸易的权利，所产生的收益会负担领主的生活所需。视情况，领主或许还会对你们的行星或者星系内的其他行星进行投资。而为了保护财产，可能会要求设立独立于你们自身统治机关的警备队。当然，这都是建立在与领主的协约之上，你们依然有足够的交涉余地。

"帝国对你们的硬性要求，大致有以下两点：

"第一，禁止建造能够进行恒星航行的宇宙飞船。在帝国的支配下，恐怕你们很快就会了解突破光速的方法。但请你们别动实践的念头，这样做毫无意义。在普通空间向其他星系航行的船只也属于禁止范畴。我再次重申，同其他星系进行贸易往来是领主的特权，受到帝国保护。如果领主允许，你们可以保留仅在星系内航行的宇宙飞船，不过绝不能配备武装。

"第二，我们会设立帝国星界军的招募办公室，并派遣士兵。不过，驻扎在行星表面的士兵仅限于办公和警备工作。从你们的人口推算，驻军应该不会超过一百人。你们自己的自治政府依然保留，同时我们承诺，不会在没有征得你方政府同意的前提下派遣更多士兵；并且，我们也不会强制征兵或征用人员，地上民加入星界军永远遵循自愿原则。除此之外，我还要多说一句，不得以任何方式妨害他人自愿申请加入星界军的意愿。

"另外，你们今后的身份叫作'领民'。如果希望为帝国效力，可以志愿加入星界军，也可以成为领主的家臣，通过这些方式获得'国民'的身份后，就会丧失与领民政府的关系，从此受帝国庇护。

"这就是成为帝国臣民的大致介绍。想必你们的日常生活会随之发生巨变，不过变化是来源于其他星系的物资，而非残暴领主的长鞭。我们并不期待你们对帝国和皇帝陛下的忠诚，等适应了各式各样的新奇事物，普通领民基本不会意识到自己是帝国的臣民。

"我的说明到此结束。

"接下来如果还有疑问，会由我的部下代为回答。希望你们在斟酌周全后做出选择，是接受帝国的统治享受和平，还是坠入战争的深渊。我个人虽然很看重这颗行星的生物资源，不过照样会毫不迟疑地把星球表面化为焦土，请别怀抱不切实际的空想。

"所幸,你们的都市非常醒目,几乎不必伤害原本的自然环境,就能把你们整个毁灭。

"好了,你们大可用无穷的提问为难我的部下了,不过他们的忍耐是有限的,不可能留给你们太多的时间。从现在算起,三次自转之后,我要听到你们的最终答复。"

虽然听起来成为帝国臣民似乎比大家想象中有尊严,可是观看直播的民众依然大为愤慨。对方的口吻确实有礼,但遣词造句却丝毫不打算博取民众的好感。言语之间是无可争辩的傲慢,也全然没有设想过被击退的可能性。尤其是政治家和高级官员们,更是暴跳如雷,要知道他们都是经过激烈竞争才爬到现在的地位,竟被亚维的贵公子形容为"远远谈不上优雅的工作"?!

再说了,怎么才能证明这些是真话?说不定和亚维司令长官的说辞正好相反,帝国臣民会惨遭压迫。像这样直端端打上门来的家伙,能相信他们是诚实的才有鬼了。

自然,民众代表和官僚们经由通信电路向亚维的军官们抛出"无穷的提问",获得了大量信息。可是,用于分析的时间却远远不够。没有任何办法判断这些信息是真是假。一群经验丰富的律师带着议员和官僚对亚维军官展开质问,也没能揪出前后说辞的漏洞。

而且,即便对方没说真话,海德星系政府也没有太多选择的余地。

其实马汀行星也有针对宇宙的防御系统，毕竟他们自己就从宇宙中来，很容易想到要防范来自宇宙的侵略。没必要假定异星智慧生命的进犯，那些个粗俗暴力的"表兄弟"倒有充分的理由来打家劫舍。不过话是这么说，可一旦涉及必须划拨预算，事情就没那么容易了。

在好几任政府主席坚持不懈的推动下，实际建成的也只有不超过十台对宇宙的地面激光发射器，以及刚好二十枚的对宇宙导弹。也没有配备正规的宇宙军，只由设施省的一个部门负责保管整修这些设备。万一需要发射时，会由兼任的将军从地下控制室集中管制。

除此之外，星系政府拥有的武力，就只剩针对大规模骚乱的武装警察而已。毫不夸张地说，要想抵御宇宙战舰的火力，无疑是螳臂当车。

可是即便如此，议会仍然存在主战派。有的说，那些庞大的舰队只是虚张声势。有的说，就算在宇宙里赢不了，地面战还是有胜算。还有的说，这是荣誉问题，总不能不战而降……

当然，认为这些想法过于肤浅的一方也不示弱，导致争论愈发激烈。从崇高精神和哲学的碰撞，到对个人的诽谤中伤，无所不有。可是，会议也不能无止境地开下去，毕竟三天后就是大限。就算马汀上的一天要比故乡多两个小时，还是必须尽快统一意见。

很遗憾，开会就不能指望尽快得出结论。没办法，最后只好全权交由政府主席定夺。

现任政府主席名叫洛克·凌，也就是杰特·凌的父亲。

凌主席只告诉极少数人他的考量，并获得了支持。至于那些强硬的反对派，则被下达了封口令。

期限迫近，凌主席带着答复，站到了主席官邸的通信设备跟前。

"你在这儿啊。"背后响起了熟悉的声音，"我在找你。"

"啊，嗯？"杰特回过头来。

一名高瘦的中年男子站在那里。他叫提尔·柯林特，是凌主席的秘书官。凌主席还只是议员时，柯林特就已经是他的秘书，两人的交情比杰特这个做儿子的还要长。

杰特也从小就认识他。而且不光是认识，柯林特可以说是把他当亲儿子在抚养。

杰特的母亲原本是矿山督查，在杰特学会爬行前就遭遇事故去世了。洛克·凌担心自己一个单身父亲照顾不好儿子，再加上忙于政治活动，就把他托付给了信得过的提尔和莉娜夫妇抚养。

柯林特夫妇感情很好，可是不知怎么始终没有孩子，因此从某种意义上说，洛克的委托反倒让他们感激不已。

直到杰特上小学前，他都一直以为自己是提尔的亲骨肉。

即便是现在,他依然爱这位秘书官胜过生身父亲。当然,这世上他最爱的还要属莉娜·柯林特。

此刻,提尔黝黑精悍的脸上却笼罩着不快的阴影。

"很抱歉……"杰特连忙认错。夜已经深了,而且今晚尤其危险,他以为提尔是在责备自己不该外出。"我这就回房间。"

"没跟你说这个。跟我来。"提尔语气强硬,简直恨不得一把拽过少年的手。

杰特被提尔不同寻常的架势吓住了,"要去哪儿?"

"主席官邸。"

"主席官邸?"

克兰登市是马汀行星上唯一一个人类居住的都市。它由三大复合功能建筑体组成,建筑名称完全基于实用性,分别叫"集合体Ⅰ"和"集合体Ⅱ""集合体Ⅲ"。杰特跟着柯林特夫妇住在集合体Ⅲ,主席官邸则位于集合体Ⅰ。

"去干吗?"去主席官邸,也就意味着去见父亲。有什么事需要挑这种关键时刻去见父亲呢?但说到关键时刻,提尔·柯林特身为政府主席的秘书官,理应有比专门来接八岁的孩子更重要的工作吧。

"别问,跟上。"提尔转身就大步往前走。

"等等我啊。"不少成年人都赶不上提尔的步伐,杰特这样的孩子更是只能小跑起来。但提尔平时都会注意放慢脚步,今晚到底是怎么了？

"没时间了，别磨蹭。"秘书官却头也不回。

杰特总算在电梯舱前追了上来，"你到底在气什么？我道歉就是了，别这样……"

提尔默不作声。等待电梯的这段时间，他始终用食指和中指焦躁地敲击着舱壁。

电梯舱的门开了，里面没人。杰特从没想过，他会像此刻这样害怕跟提尔独处。

"去交通层。"提尔对管理电梯的电脑说道。

电梯关上门开始下降后，杰特再也忍受不了哪怕一秒钟的沉默："你说，我们能赢吗？"

"不会开战，没有谁输谁赢。"

"那意思是，我们投降了？"

提尔狠狠地瞪了一眼少年，"没错，你爸爸决定投降了。不，连投降都不如，他把我们卖了。"

"卖了？卖了……是什么意思？"

"洛克那小子做了交易，肮脏的交易。"提尔没好气地骂道。

"交易？"

"你别像鹦鹉一样重复我的话。"

"抱、抱歉……"少年缩起头。

"我确实也反对开战，毕竟看不到胜算。可是，怎么能做那种交易?!该死,我真的看错洛克了。"

杰特难过起来。能拥有"两个父亲"一直让他暗自为豪,然而,养育他的父亲却正以一种鄙夷的口吻在称呼他的生身父亲。

杰特红了眼眶。

养父看着开始抽泣的少年,脸上多少有些内疚。

"抱歉,你并没有做错什么。"

"告诉我,到底出了什么事,我真的一点都不明白……"

"唉,不怪你。"提尔挠着一头剃短的黑发,"就像我说的,洛克做了笔交易,再过不到十分钟就会公布内容。从那一刻起,他就会成为全马汀人憎恨的对象。会有不少人想着动不了他本人,就找他的家人泄愤。所以我才要带你去主席官邸,至少那儿的警备足够森严。"

"就是说我会被处私刑吗?"杰特不寒而栗。

"有可能。"提尔面无表情地点点头,"就算不至于这么激进,也会变着花样找你麻烦,比如骂你难听的话、拿东西砸你,甚至会往你住的房间扔个信号弹。"

听到"你住的房间",杰特首先想到的是莉娜·柯林特。"那莉娜怎么办?好多人都知道我住在你家里啊。"

"我已经跟她联系过了。莉娜是成年人,可以保护自己。"

"这么说她自己先去避难了?"杰特不敢相信莉娜会扔下

他独自逃走。

"对。"提尔揣摩着杰特的神色,"她很担心你,不过我跟她说了会去找你,她才放心了。"

"这样啊。"杰特还是无法释然。提尔又不能保证一定能找到人,会不会莉娜其实也在找他?起码,杰特认识的那个莉娜应该会这样做。

电梯降到位于第三层的交通层,门开了。二人各怀心事,沉着脸走了出去。

无数的电梯管道依次排开,上下贯穿整个复合功能建筑,仿佛支撑着古代神殿厚重屋顶的柱廊。无人出租车穿梭其间。

出租车感应到电梯开门,停到二人跟前。

提尔只动了动右臂,示意杰特坐进去。

杰特在位置上坐定,却怎么也定不下心。

"主席官邸,尽快。"提尔低声向出租车下达了简短的命令,然后就抄起手,又陷入沉默。

杰特很想知道"交易"的内容,虽然提尔心情恶劣,他还是鼓起了小小身躯的全部勇气。"提尔,跟我说说到底是什么交易吧。"

"这是机密,在正式公布之前不能告诉普通民众。"

"连我也不行?"杰特怯生生地问道。

秘书官嗤之以鼻,说道:"哎哟,这么快就以特权阶级自居了吗?"

"你在说什么……"

"把全息影像打开,马上就要公布了。"

杰特依言按下出租车里全息影像的开关,手动驾驶装置上显示出立体影像。

"目前,亚维军没有动作。"半透明的小人说道,"凌主席似乎同侵略军进行了某种交流。有小道消息称,投降帝国或许已成定局。我们衷心希望这是无稽之谈,我们的领袖一定会做出光荣的选择。另据预告,主席官邸将于二十五点整发布'重要声明',距离现在还有一分三十秒。"

对杰特而言,这是漫长的一分三十秒。他既希望这一分三十秒赶紧过去,又希望永远不要到来。杰特焦急地凝视着立体影像,不时瞥一眼身边的人。

提尔一动不动,犹如一尊雕像。他也不去看立体影像,视线始终固定在前方。

出租车离开复合功能建筑,沿着架设在密林上的交通管路疾驰。

终于,时间到了。

影像切换到已经失去主人的讲坛。一位英俊的发言人来到讲坛前,宣布:"现在发表声明。"

杰特屏住呼吸,凝视着发言人的嘴。

"海德星系政府主席,洛克·凌,于今日二十三时五十二分，向皇太子，暨帝国舰队司令长官亚布里艾尔·尼·拉姆萨尔·巴尔凯王·杜萨纽殿下，宣布放弃海德星系的独立自主权。即日起，我们将成为'亚维人类帝国'的一部分。"

立体影像之外，传来现场新闻记者的一片哗然，其中没有惊讶或愤慨，有的只是认命。甚至能听到有人嘀咕："果不其然。"

杰特瞥了瞥提尔，心想这样听来似乎不算太离谱。

"还没完。"提尔说道。

"不过，主席提出了协调方案，希望能将星系间的贸易往来掌握在海德星系民众自己的手里。也就是说，希望能从星系民众中选出'领主'。"

"有这种可能吗?!"立刻有人抢着发问。

"还不到提问环节，请遵守会场秩序。"发言人安抚道，"不过，这次就算特例。先说结论，这是可能的。我们新的统治者接受了这一提案，条件是交出关闭宇宙防卫系统的密码。"

"那谁来当这个领主？"

"都说了还不到提问环节。请听好，按照最初的构想，会以选举方式推选出领主。然而，在帝国，贵族的地位并不受选举结果左右，绝大多数贵族都与选举制度无关。"发言人试图露出微笑，却失败了。

即便是通过电波信号，都能感受到现场充满杀意的危险氛围。

"领主到底是谁?!"另一个声音提出了相同的质问。

"想必各位都收看了亚布里艾尔司令长官针对帝国和星系所做的说明,领主其实相当于宇宙贸易公司的老板。企业不会靠选举决定老板,大多都是世袭……"

"领主到底是谁?!该死,我已经有数了,不只是我们在场的这些人,肯定连观众都知道是谁了。可是我们想亲耳听到,报出我们新主人的尊姓大名吧!"

杰特也猜到了,可是他怎么也不愿意相信。"怎么可能,肯定是假的……"

他揣摩着提尔的表情,对方却板着脸一言不发。

影像里的发言人进退两难,最终仰起头,满腔愤慨地大叫道:"好吧,恐怕正如各位所料,洛克·凌将成为我们星系的领主!"

"知道了吧,这就是洛克做的交易。"提尔道,"洛克为了让自己当上贵族,把我们唯一的武器拱手让给了侵略者。我都不知道亚维那帮人这么害怕宇宙防卫系统,说不定原本能打个平手。"

"可是,可是……"杰特拼命想维护父亲的名誉,"本来不是打算进行选举吗?所以说……"

"谁信这种鬼话!"提尔狠狠地咬着牙,"我是在一切都结束之后才得知他的打算。等我知道的时候,防卫系统已经被解除，凌家也已跻身于帝国贵族之列。没人知道他最初开的到底是什么条件。那个混账，事先甚至没跟我进行任何商量。毕竟我只是个小小的秘书官，能派上什么用?!最多不过把他的孩子送到安全地带而已……亏我还当他是挚友！"

"啊……"这下杰特知道提尔愤怒的另一个原因了，这也是对他个人的一种背叛。

"各位，请冷静！"全息影像里的发言人尖声叫道，"大家冷静下来想一想，就会明白这其实是最有利的办法，凌领主是最大限度在为我们的政府着想。实际他也表示，在不违背帝国命令的前提下，会尽量遵循民主星系政府的指示。如果换成原生的帝国贵族，怎么可能做出这种让步？在帝国统治的众多星系里，我们可以享受最大限度的自由。"

"胡说八道！"

"鬼才信！"

骂声里还夹杂着质问："那凌主席，不对，领主他人在哪里？"

"对啊，那家伙在哪儿?!"

"这个……"发言人支吾起来，完全没有平时工作起来的干练，"为了磋商细节，以及到帝国首都正式接受授爵，亚维舰队会把洛克·凌接走。他已在弗兰奇草原搭乘登陆艇，现在已经身在舰队。"

"逃跑了吗？"

"难怪发布会推迟了。"

"他还会回来吗?"

"会回来,只不过是在帝国士兵的护卫下。"

"不,肯定想回也回不来了,你以为帝国会轻易让他当上贵族?呵,其实他也是被糊弄了。活该!"

"各位!"发言人孤军奋战,"还请各位理解,主席的选择纯粹是为全体民众谋福祉,绝非出于一己私利……"

杰特忍无可忍地关掉了全息影像。

"就是这样,"提尔说道,"你就成了下任领主。哎呀,我怎么能用这种口气跟您说话呢,要知道您可是我们的王子啊。恳请您宽恕在下的失礼,殿下。"

杰特以为他在开玩笑,然而提尔的表情没有一丝诙谐。

"别这样啊,提尔……"杰特快哭了,"别说这种话,你让我怎么办……"

"我知道,"提尔还是直视着前方,"这是在对你乱发脾气,可我控制不了情绪。该死,我已经尽量在保持克制了。可是,该死。"

出租车驶入集合体Ⅰ的交通层,马上就会抵达主席官邸的专用电梯。

"提尔,我就问你一个问题。"

"什么?"提尔看向杰特。

"你让莉娜逃走的时候……"杰特不想往下问,却又忍不住不问,"跟她说交易的事了?"

"呃……没有,对普通民众要保密。"

瞬间的犹豫无情地拆穿了提尔的谎言。

"这样啊……"杰特耳边响起了他熟悉深爱的世界哗啦破碎的声音。

星界的纹章 I

1

戴尔库图宇宙港

走出来自地表的升降筒[1]，喧嚣扑面而来。

杰特停下脚步，环视起候船大厅。

——这里原来长这样吗？

杰特回溯着记忆。这是他第二次来宇宙港，第一次是在七年前，从马汀行星——亚维语的读法是"马尔提纽"——移居到戴尔库图行星的时候。

不过，当时的记忆非常模糊。

——我有印象，应该是跟在货/客船的客房服务员后面，穿过了这里……

通往地表的货物通用升降筒位于广阔的圆形地面正中心，散布在周围的升降筒则连接着港内各处。酷似交通层的设计让杰特想起了生养他的复合功能建筑。

不同的是，这里上演着无休止的盛宴。

场地内摆放着好些桌椅，行人和自走式自动贩卖机在其中穿梭。自然也有人入席就座，享用着从自动贩卖机购买的食品饮料，操着各种语言谈天说地。

大音量的航班广播响起，想要盖过流淌的背景音乐：

"前往艾斯托特公国的客船'雷因加弗·格罗索号'将于十七时三十分出港，尚未办理搭乘手续的乘客，请尽快前往

---

1. 升降筒，作者设定的一种电梯，用途广泛，既可用于建筑内部移动，也用于从地面到宇宙港之间的移动。

第十七号升降筒……"

看来戴尔库图深谙消遣之道。当然,也可能这是帝国宇宙港的标配。

后面的乘客没好气地从杰特身边穿过。

杰特这才发现自己挡了路,于是赶紧往前移动,自走式行李箱也忙不迭地紧随其后。

这里的重力和戴尔库图星地表的重力保持着一致。

和杰特一起从地表搭乘升降筒的乘客有百来人,转眼就被喧嚣吞没,只剩他一个。其实,即便在升降筒里,他也是独自一人。戴尔库图人总体都很热情,却没有任何人来跟他搭话。

有说有笑的三人组注意到杰特,赶紧让到一旁。他所到之处,气氛都会紧张起来。

——没办法,但凡是个正常人,都不想跟这种装束的人说话吧。

里面穿的连体衣倒没问题,样式足够现代。

可是,看看外面套的长衫吧!真是的,干吗非得大庭广众之下穿成这样,太难为人了。

长衫没有袖子,肩部呈倒三角形支开。宽松的布料由腰部的饰带固定,一直垂到脚边。长衫整体是纯白的,下摆和衣领等处施有红色的粗条边饰。

他的手腕上佩戴有电子手环,镶嵌着绿色的思考结晶,代表新兴的贵族门第。

另外,杰特头上还佩戴着雅致的头环。这身造型反映了他的身份——不过他也不懂里面的门道。这是经过帝国纹章院认证的,应该不会有错。

这是帝国贵族的标准着装。

今天是杰特第一次换上贵族的装束。照镜子确认时,其实比他想象中要好,除了两肩比标准的亚维宽一些,总体来说勉强可以接受。

不过,帝国贵族极少独自出现在民用的宇宙港。更别说他的一头棕发,一看就知道不是亚维。

"下船的乘客,感谢您搭乘'萨雷夫·尼泽尔号',欢迎来到渥拉修伯国!最快一班前往地表的升降筒将于三分钟后出发。此外,前往吉克萨斯行星的联络船……"

航班广播一定会播两遍,首先是戴尔库图语,然后是亚维语。

一群人应该是刚从客船"萨雷夫·尼泽尔号"下来,他们并不急于乘坐升降筒,而是看上了这个静止在卫星轨道上的宇宙港,准备举办来到戴尔库图星的第一场酒宴。他们从自动贩卖机买了饮料食物,摆放到桌上。

即将启程前往外星系的乘客,也在举杯痛饮。

杰特心想,不知每天会有多少乘客因为烂醉而误了航班。

不过也很好理解，他们中的大多数都是移民，恐怕这就是一辈子仅有的一次宇宙旅行了，自然会想喝个尽兴。

"嘿！凌·杰特！"

杰特还以为是幻听。和马汀不同，戴尔库图是姓氏在前，毫无疑问"凌·杰特"就是他的名字。

杰特不抱多大希望地寻找起声音的主人。如果不是幻听，那就是他听错了，或者就是同名同姓。

不过，当他看到那个独占了四人圆桌的高大青年，不由得喜上眉梢。

"库·杜林！"杰特叫着好友的名字，半走半跑地来到圆桌旁，"你来这儿干吗？"

"居然问我来干吗？好个木头脑袋，当然是来给你送行啊！"

"来送我啊，谢了。"

"还是说，贵族小少爷不想穷小鬼来送行？"

杰特笑了，"我都说谢谢了啊，你这傻瓜，连谢谢都听不懂吗？"

"是你这个假移民发音不标准，口音到最后都没纠正过来。算了，先坐吧，我都等你大半天了。不是十八点出港吗？我怕你先上船，提前好久就来了。"

"怎么不先跟我说一声，可以约好时间见面啊。"杰特坐下来，满怀期待地东张西望。

"啊,"杜林的表情有些尴尬,"只有我来送行,其他人没来。"

"这样啊……"杰特不想表现出失落,却不太成功。

"我其实心里也七上八下的,就怕跟你打招呼你也不理我。"

"说什么傻话?"杰特温和地抗议道,"都是一起玩明球的,怎么可能不理你。"

"我可没见过比你水平更烂的了。"杜林先是打趣,忽然却沉下脸,"你别怪他们,大家只是太惊讶了。我们确实知道你在上亚维的学校,只是没想到你的身份……"

"没事。"杰特表示理解,"也许要道歉的是我,不该瞒着你们。不过,我要是自称贵族,你们还会让我加入吗?"

"不会,"杜林摇摇头,"我看是没门儿。"

"对吧?"

明球是戴尔库图人最喜欢的球类竞技,分成十人一组进行团体对抗。不仅有职业的明球队,各地区、学校或者企业也有同好会。

杰特是在学校的明球同好会接触到这门竞技的,没想到竟表现出不俗的才能,于是进了地区的同好会。

在那里,他结识了以库·杜林为首的好些伙伴。

不过,杰特对他们隐藏了一个秘密,他装成是普通的移民儿童。

就在三天前,杰特才对同伴们坦白,其实他是帝国贵族,得离开戴尔库图星了。

恐怕杰特这辈子都忘不了当时的气氛,就好像杀人犯正在供述罪行。他实在待不下去,最终落荒而逃。

"大家只是不知道该怎么跟贵族打交道。要知道,别说是贵族,我们连士族都没见过。"

"我懂,其实我也不清楚有什么讲究。"

"这是个大问题啊。"杜林点点头,"不过,你这身贵族打扮还挺好看的。"

"少口是心非了。就说这个吧,"杰特用手抓着长衫,"像不像演历史戏穿的舞台服装?"

"其实我倒是挺开心的。要知道,像我这种地上的穷小鬼,没几个能跟贵族大人,而且是诸侯的小少爷面对面聊天的。"杜林打量着四周,"嘿,你看周围,他们都在看你呢。"

"你就别挖苦我了,"杰特一脸尴尬,"自己是什么样子我心里有数,怎么看也不像亚维吧。"

杜林避而不答,"那你是要回故乡了?"

"啊?"杰特眨巴着眼睛。对啊,他只说要离开戴尔库图星,却忘了告诉大家接下来的行程。"不回,后面我要去拉克法卡尔。"

"帝都吗?"

"没错,继续去留学,这次是主计修技馆。"

"是干什么的？"杜林一脸迷茫。

"给军队培养事务官的学校，"杰特开始解释，"职务叫主计翔士。两个月前我去星界军的招募办公室参加了考试，结果被录取了。"

"你要参军？"友人惊讶地瞪大了眼睛。

"嗯。"

"可是，你不是有自己的领地吗？干吗还去参军……"

"这是义务。并不是生在贵族家庭就能继承爵位，还必须到星界军里至少当十年翔士。我父亲因为年纪关系可以破例，不过轮到我就不行了。"

"看来贵族也不好当啊。"

"可不是。听说在帝国，身份越高，要承担的义务也越重。其实我还挺赞同的，起码比反过来要合理。不过……先是当三年军队见习生，然后是十年的翔士，总共要在军队里生活十三年，想想都郁闷。"

"但你还是会回故乡吧？"

"总有一天要回的，毕竟那是……我的领地。"他还是不习惯把自己的故乡称作领地。

"不是将来，我是说现在，你已经很久没回去过了吧？"杜林皱起眉。

"嗯，确实。"这七年间，杰特从未踏上过马尔提纽星的土地。甚至，不知道还能不能说一口流利的马汀语。只有父亲每月一封的来信，勉强维系着杰特和故乡的联系。据信上说，提尔·柯林特成了反帝国运动的领袖。至于他的妻子莉娜现在如何，杰特毫不知情。

"可是，照目前的形势我很难回去。"杰特摇摇头，"恐怕那里已经不把我当自己人了。海德伯爵家的发迹史并不是英雄传，而是犯罪剧。全马尔提纽人都对我父亲恨之入骨。"

"这样啊。"杜林脸上露出了深切的同情。虽然戴尔库图人都是移民的后代，却极其热爱现在的家乡，他们最怕的就是被同乡追着喊打。"就算这样，你也想当领主？"

"我才不想当。"杰特懊恼地撇起嘴，"我好几次都想放弃继承权了，想着干脆当个戴尔库图公民好了，因为就算我现在想做回马尔提纽公民也没有资格了。"

"那你怎么没这么做呢？"

"父亲把我说服了。他说……"

过去的海德星系政府主席洛克·凌——现在的凌·苏努·洛克·海德伯爵·罗什——是这样劝说儿子的：

马尔提纽星上有着庞大的资源，这颗星球独立进化出了完全不同于地球的生态系统。虽然人类也制造过各种各样的变异生物，但充其量不过是稍微重组了一下遗传基因，相比大自然用漫长时间孕育的进化，简直就是小儿科。新成立的海德伯国，就是这样一个极富生物多样性的邦国。

可是，只有与其他星系进行贸易，生物资源才能变成财富。试想，如果贸易权被帝国贵族掌控会怎样？他们肯定会把好处占尽，只给民众留些残羹剩饭。

所以说，必须由海德星系的民众来当领主，把贸易权掌握在自己手里……

"听起来是有些道理。"杜林说道。

"嗯，姑且算是，所以我才会继续当贵族。不过，最近我有了些疑问……"

"比如？"

"要知道，根本不可能既是海德星系公民，又是亚维贵族。像我，就已经没有海德星系的公民权了。当然，对我父亲来说不成问题，他虽然也失去了公民权，不过心里坚信自己是在为海德星系谋福利。我自己也是这样打算的。不过，到了我的下一代呢？我的儿女会接受基因改造，拥有亚维蓝发俊美的遗传性状。这是定好的规矩，没有办法说不。他们接受的也将是亚维的文化。这样一来，他们还能当自己是自由的海德公民吗？"

"你是太认死理了。"杜林一脸无奈，"别去惦记那些不喜欢你的人。简单来说就是继不继承家业的问题，你只为自己着想就行。换成是我，家里有这么大的产业，根本不会想让给别人。"

家业啊，原来如此，还可以从这种角度考虑。杰特像是看到了曙光。因为凌家刚刚发迹，而他是独生子，所以必须去继承爵位，否则家族只经历一代人就将毫无传承地走向消亡。可是，消亡了又如何？谁会为此难过？

"确实，你说得太对了。"

"我从来都是对的。"杜林忽然指向脚下，"看啊。我是第一次进宇宙港，从这里看过去，我们的星球还真美。"

杰特这才注意到地板上映着戴尔库图星的地表。画面正好和圆桌的表面差不多大小，能看到流云之下的行星表面。连接地表和宇宙港的轨道塔如同细丝，在恒星渥拉修的照射下闪耀着白光，没入云层。

"嗯，确实。"杰特想起了真正的故乡，有些意外地发现他还从没俯瞰过马尔提纽的地表。

"你来这儿几年了？五年左右？"

"七年了，"杰特抬起头，"侵略海德星系是在帝国历的九四五年。"

"刚被侵略你就来了？"

"没错。莫名其妙就被塞进往返艇，送到了等在轨道上的货/客船。那些被捉进动物园的动物是什么感受，我算是深有体会了。"

"不过，至少有人照顾你吧。"正好有自动贩卖机经过，杜林买了咖啡，递给杰特一罐，"拿去，我请客。"

"谢了。"

"客气什么？能请你这个诸侯小少爷的客，我得意还来不及呢。"

杰特微微一笑,"说到照顾我的人,其实一个都没有,起码没有从马尔提纽跟来的。"

"不是吧?这也太过分了,你当时也就差不多十岁吧?"

"嗯,刚好十岁。"

"把十岁的小鬼送到几十光年外的星系,还没有任何人陪同,到底是怎么想的?"

"是啊。所以估计是受我父亲所托,船上专门给我配了一位客房服务员,会帮忙把饭送到客舱,负责照顾我。"

"嚯,这倒是奢侈。"杜林脸上流露出一丝羡慕,"于是你就展开了优雅的宇宙旅行啊。"

"并没有,"杰特回想起当时,一脸的苦涩,"因为我们没有办法交流。当时的翻译机器都不支持我的家乡话,她只好用装了古代英语的翻译机器尝试跟我沟通……"

"慢着,古代英语是什么?"

"我的家乡话属于古代英语的衍生。可我又没学过古代英语,而且跟现在的马尔提纽语已经天差地别,完全听不懂。"

"亚维语也不用考虑了。"就跟绝大多数戴尔库图人一样,杜林完全不懂亚维语。

"没错,一窍不通。而且我根本没心情跟人交谈,在船上就像缩在贝壳里一样,一步也没走出过客舱。"

"那位客房服务员是亚维吗?"

"不,多半是帝国国民,因为她是黑发,估计是哪个地上世界的人吧。不过,那时候我根本不在乎她是哪里人,反正都是侵略者的同伙。"

"嘿嘿,如果是亚维,说不定你会跟她亲近呢。"

"为什么?"

"因为,据说亚维全都是俊男美女啊。就算你年纪再小,看到漂亮姐姐,态度肯定会好很多吧。"

"别耍嘴皮,"杰特略有不快,"现在回想起来,我心里更多是对她的愧疚。要知道她还专程下船来,连入学手续都是她帮我办好的,可我却连她的名字都不知道。她应该做过自我介绍,可要么是亚维语要么是古代英语,我完全听不懂哪个是她的名字。"

"嚯。不过,也没什么好遗憾的,反正那个服务员现在已经是大妈了。地上人又不像亚维,是会变老的。"

"你啊,满脑子就只会想这种事吗?我纯粹是从礼貌的角度想要感谢她……"

"别在意,"杜林像是在开导他,"反正我随时都只想着怎么追女人。"

"真的是。"杰特立刻表示同意,"你随便在人堆里和谁擦身而过,都会相信她就是一辈子的恋人;无论是多微不足道的关系,立刻就想变得亲密无间。"

"首先，我并不是随便什么人都行，必须得是可爱的姑娘。其次，我也没想过什么一辈子的恋人，只想要一晚上的恋人而已。"

"呵，"杰特一拍手，"那你成功率到底有多高？"

"反正比你以为的高多了。"

"这样啊，那我怎么只看你带过一次女孩子呢？而且照我后来听说的，当时那个女伴其实是你妹妹吧？"

"那你认为我的成功率有多少？"

"零啊。"

"看吧，就算只有一次，跟零次比也相当于无穷大了。"

"不是吧，"杰特夸张地往后一仰，"你有那种爱好吗？"

"少来。我意思是追到过妹妹以外的姑娘。"

"就，一次？"

"多多了！"杜林气呼呼地说道，"只是碰巧没让你遇到而已。"

"是吗？那就姑且当是这样吧。"

"唉，你难道就不能直面现实吗？非要对真相视而不见？你就这么不愿意我有异性缘？"杜林像是突然想到了什么，"啊，难不成，你才是有那种爱好的？！"

"少来。"杰特知道杜林是在报刚才的仇，也就陪他打嘴仗，"我是虔诚的异性恋主义者，就算再怎么饥渴，也不会背叛信仰去追求你的。"

"我倒是不介意，"杜林抛了个媚眼，"你喜欢我就直说。啊，正好，现在还有时间，我们就趁离别前的最后一刻互诉衷肠吧……"

"在这大庭广众之下？"

"只要有爱，哪用在意别人的目光。"

"没想到你还挺入戏，难不成你真是异教徒？"

"怎么可能？"杜林也玩够了，"如果你是虔诚的异性恋主义者，那我就是狂热的异性恋原教旨主义过激派了。"

"我知道。"杰特喝光咖啡，把纸杯放进了圆桌中央的垃圾投放口，"多谢款待。"

"一杯咖啡而已，用不着谢，你可是贵族的小少爷。"杜林边贫嘴，边瞥了眼右侧，然后戳了戳杰特的手背。

"干吗？"

"你看那边。"

杰特顺着杜林的视线看去。

只见邻桌坐着一位褐色皮肤的中年女性，正好跟他四目相对。对方肆无忌惮地打量着杰特的一头棕发和贵族服装，毫不掩饰对他的好奇。

如果是真正的亚维贵族，杰特心想，遇到这种情况，会如何应对呢？是怒斥她的不礼貌，还是径直无视，抑或一言不发直接将她击毙？

然而杰特所做的，只是露出迎合的微笑。

中年女性就像看了不该看的东西，终于移开了视线。

杰特叹了口气。

"那位大妈对你好热情，真羡慕你这个中年杀手。真是的，我要是能有你这张脸蛋……"

"才没有，她只是看稀奇罢了。地上人穿着帝国贵族的衣服，就好比会用筷子的狗吧。"

"可你真的有副好皮囊，当然是以地上人的标准。"

"还算凑合。"杰特谦虚地表示赞同。

"我问你啊，我只在立体影像上看过亚维，他们当真有那么漂亮？"杜林问道。

"不知道啊，"杰特歪了歪头，"其实我也没见过真人。"

"可你不是在亚维的学校读书吗？"

"诶？"杰特意识到是好友误会了，"对啊，我还没跟你说过学校的事呢。听好，我上的是亚维语言文化学院，里面没有亚维。学生都是志愿成为帝国国民的地上人，很多老师之前也都是国民。学校的创始人和现任校长都是去了帝国又回来的，也就是说，他们原本是渥拉修伯国的领民。学校本身跟帝国或者渥拉修伯爵家都没关系，只不过是渥拉修领民政府教育省管辖的私立学校而已。"

"这样啊，我一直以为是帝立的。"

"亚维怎么可能专门出钱在地上建学校？"

"你这话倒是有些道理。"杜林又有了新的疑问，"咦，不过要是这样，你干吗还来戴尔库图？直接去亚维的学校不就好了？来学个戴尔库图语也没什么用处吧？"

"亚维没有初等学校。我一个小孩子，既不是天才又不懂亚维语，就算进了高等院校也听不懂。"

"是吗？那亚维要怎么学读书写字？"

"都是家长教的。"

杰特现卖起学校学到的知识：亚维社会是贵族制社会，十分重视家风。要想家风代代传承，家长从小手把手地教育必不可少。在孩子形成独立的人格前，绝不能把大半时间花在接受外人的教导——据说这是亚维的主张。

在孩子的幼年，亚维家长会专注于教育。拥有领地的贵族会雇佣代理人，士族也会放下身份，尽全力培养最优秀的继承人。

此外，还有机器老师来补充家长忘教的知识，并且会举行集训旅行来体验集体生活。

"从这层意义上说，我受的教育其实很扭曲。"杰特说道，"虽然我的父亲是海德伯爵，但他没法像亚维家庭那样教育我，所以把我就近扔到了面向帝国国民志愿者的学校，让我起码能掌握亚维语和常识。"

"这一读就是七年啊。"杜林嘻嘻笑道，"我一直以为你脑袋很灵光，看来是抬举你了。"

"因为必须先具备同龄人的学习能力，最开始的差不多半年时间，我都在苦学戴尔库图语。毕竟那儿的学生基本都是戴尔库图人。"

"肯定啊，只有乡下人才会来渥拉修这种鸟不拉屎的邦国留学。"

"这种话，你先去看过我故乡之后再来说。就算是戴尔库图最气派的建筑，也比不过马尔提纽的复合功能建筑。"杰特忙给自己的故乡撑腰。

"能比过这座轨道塔？"杜林的游刃有余让人火大。

这下戳到了杰特的痛处。帝国统治的有人行星上，轨道塔可以说随处可见。然而杰特收到的最新一封来信上说，因为反亚维情绪，马尔提纽的轨道塔根本连修建计划都没有。要想乘坐宇宙飞船，现在都还只能靠既危险又昂贵的往返艇。不过，本来也没几个人想去宇宙旅行。

"这塔也只不过是够高而已。"杰特绞尽脑汁才想出这么句回击。

"确实。"杜林并不反驳，而是抬起右胳膊倚到靠背上，"喂，那个大妈还在看你。"

"都怪我这头发。"杰特厌烦地拢起一头棕发。

亚维的头发都是蓝色系。虽然统称蓝色，其实各不相同。有深有浅自不用说，在他们看来，从绿到紫的范围都适合做发色，不过棕色绝不会列入考虑。

"你染个发不就好了，又不费事。"

"唔，我也不是没想过……"

"那干吗不染？"

"其中一个原因，我害怕产生错觉，以为自己真是个亚维了。我从法律角度来说是亚维，可遗传基因是地上人。"

"既然是其中之一，那就还有别的理由咯。"杜林催促道。

"嗯，另外一个算是我的倔强吧。虽然阴差阳错成了帝国贵族，可我并不希望让人以为我在沾沾自喜。"

"原来如此。"杜林趴到圆桌上，一改平时的嬉皮笑脸，满脸严肃。"那什么，刚才的话还没说完。如果你真的不当贵族了，我可以给你个照应。要后悔这就是最后的机会了吧？"

"并不是最后的机会，"杰特予以否定，"随时都可以脱离贵族籍。"

"为什么现在不行？你怕不给你生活费了？"

"这也是原因之一。"

"我可以给你介绍工作。"

"你自己都还是学生吧。"杰特哑然。

"学生也有门道。我认识个老板，能体谅学生的不容易——直说了吧，其实就是我叔叔——而且你人又聪明，说不定还能拿政府的奖学金。"

"不用了，谢谢。"杰特说道，"我想去见识一下亚维的世界，去看看侵略我们、统治我们的那些家伙是怎么生活的。"

"嗯，或许也是个不错的选择。"杜林摇摇头，像在调侃杰特的好事。

"而且，"杰特补充道，"只有你一个人来给我送行。"

"这个……"好友忽然吞吞吐吐起来。

"当我仅仅是凌·杰特的时候，大家对我那么好，可一旦得知我的姓和名之间省略的那部分称谓，就纷纷离我而去了。只有你，愿意原谅我隐瞒身份。如果只是以一介领民的身份生活，我希望在戴尔库图长住，不过，需要时间等事态冷静下来。"

"看来这次是个鉴定友情的好机会。"杜林少见地露出苦笑。

"可不是？"杰特带着感谢之情表示赞同，"要是我回来了，到时候说不定还要受你照顾。"

"嗯，放心吧。"杜林挺起胸膛，"等我进了社会，准备自己创业。你回来就让你当普通员工给我做牛做马，还要对外宣传'前帝国贵族受雇于我司'。"

"太感人了。"

杜林转头望向挂在顶棚上的巨大时钟，"哎呀，都这么晚了，你还不登船吗？你坐哪艘船？"

"帝国的军舰。"

"啊？"

"修技馆的新生有特权，可以搭帝国军舰的便船。我之前有些犹豫，不过一想反正要当翔士，先去感受一下军舰的氛围也不错，就决定动用特权了。"

"不过，军舰能开进这个宇宙港吗？"

"不知道，他们只让我在这儿等着，十八点会有人来接。所以我才打扮成这样，"杰特指着长衫，"说是这样比较显眼。都是能进行星际航行的种族了，思考方式还这么原始。"

"那岂不是亚维的军人要过来？"

"嗯。来的是星界军的士兵，不知道是不是亚维，应该快到了。"

"这样啊，那我差不多该回去了。"

"咦，干吗急着走？"杰特有些惊讶，"你不观看一下我是怎么被'押走'的吗？"

"还是免了，"杜林站起身，"肯定会凄惨到让我流下同情的眼泪。"

杰特也边说边站起来，"真敢说，你明明是戴尔库图最没心没肺的坏蛋。"

"别这么夸我，我会不好意思的。"杜林伸出手。

杰特用双手握住了他的手。

"你正式的全名是什么？"杜林问道。

"我记得是凌·苏努·洛克·海德伯爵公子·杰特。"

"你怎么连自己的名字都吃不准？"杜林瞪大了眼。

"还不习惯，总感觉是别人的名字。"

"这样啊。好吧,凌·中略·杰特,你要好好记住本大爷库·杜林的尊姓大名。比起凌·什么什么的·杰特,要好记多了吧。"

"嗯,想忘都忘不掉。你也是,'什么什么的'部分就算了,但别忘了凌·杰特这个名字。"

"你就放心吧,凌·苏努·洛克·海德伯爵公子·杰特。"杜林坏笑着炫耀起记忆力。

杰特也报以微笑,松开了手。

"再见了,加油干。"

"你也是,要办个大企业,好让我随时回来都能有工作。"

"包在我身上。"杜林转身往回走去。

杰特一直目送他的背影消失在升降筒的门后,他直到最后也没回头。

杰特正要坐回座位,不经意间瞥到了刚才那位中年女性。她已经不再关注杰特,而是用那肆无忌惮的眼神盯着相反的方向。

杰特也不禁顺着她的视线看去。

一个身着黑色紧身连体衣、系着深红腰带的身影映入眼帘。来人笔直地朝他迫近,周围的紧张感是杰特出现时无法比拟的。

黑与红——这是帝国星界军的军服。

星界的纹章 I

2
翔士修技生

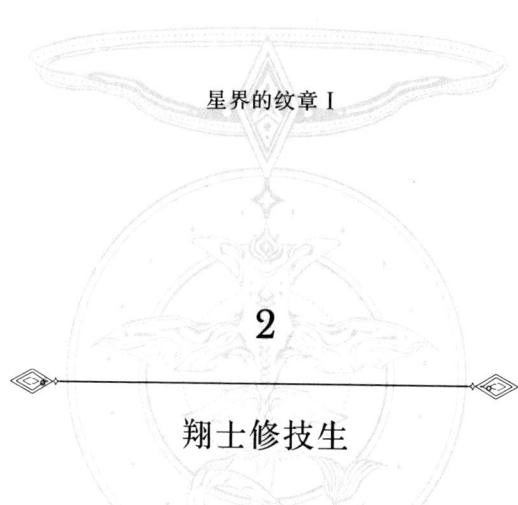

帝国的法律简明扼要地阐述了"亚维"的定义，即："亚维"是皇族、贵族、士族的统称。

照此定义，杰特这个伯爵家的嫡子是毫无争议的亚维。

不过，"亚维"这个单词还有另外一层意义，也就是作为种族名的"亚维"。

由于受法律承认的亚维大抵都具备亚维种族的遗传基因，所以并不存在问题。

而杰特是个不幸的意外。

这其中的差距是难以弥补的，要知道，亚维与地上人的差别并非人种或民族这样简单，而是生物层面上的不同。

虽然亚维明显不同于人类种族，但几乎可以肯定他们是地球人类的后裔。普遍认为他们并非突然变异，而是在明确计划下诞生的变种人类。

证据是，直到现在他们依然在折腾遗传基因。尤其是对即将出生的婴儿，一定少不了遗传基因的调整。两万七千个核酸序列被指定在列，如果婴儿的核酸分子存在差错，就必须对这部分进行修正。

通常认为这种做法一是为了防止先天性疾病，二是为了保持种族的统一性。不过，还有另一种直指核心的看法。

其主张是，这就相当于格律诗的句数或者押韵——换句话说，艺术需要一定程度的制约，才能更加高雅迷人。

没错，对亚维而言，后代即将继承的遗传基因，某种程度上就相当于艺术作品的素材。

没有什么必然性，单单只是从审美的角度对后代的遗传基因进行增减。

这种爱好并不赖。亚维和多数地上世界有着共通的审美，也极少故意尝试恶趣味。

于是乎，亚维全都俊美到可气。

而笔直走来的这位士兵，正堪称亚维遗传基因艺术的结晶。

来人戴着朴实无华的军用头环，蓝黑色的长发如云烟飘摇。浅麦色的鹅蛋脸上，过目难忘的双眼中镶嵌着黑玛瑙般的明眸，笔直地向他看来。柳眉描绘着优美的线条，小巧的鼻子精致秀美，柔软的双唇紧抿在一起。

深红的腰带是翔士的象征。

至于年龄……

都说从外貌推测亚维的年龄是极其困难的，因为他们的成长过程非常独特。差不多在十五岁前，他们的成长速度都跟人类祖先一致。不过十五岁之后，再过二十五年，他们的外貌看起来只会增加十岁。然后，直到死亡都不再衰老。亚维把十五岁以前归为成长，从十五岁到外貌固定下来的这段时期叫作成熟。

虽然亚维青春永驻，不过和部分地上人以为的不同，他们并不是不死。因为再生的神经细胞会给人格和记忆带来致命的混乱，所以他们选择将就祖先的神经细胞。当脑细胞消耗殆尽之后，亚维也逃不过死亡。

骄傲的亚维给遗传基因重新排序，保证在智能衰退前，就先停止呼吸系统的机能。所以，亚维也会老死。不过在此之前，他们将度过二百年到二百五十年的人生。

也就是说，一名亚维看起来像二十五岁，实际可能是四十岁，也可能已经二百岁。

不过，这位翔士的年龄大致可以判断。应该是处于成长期的末尾，或者成熟期的开头，差不多跟杰特同岁。

说实话，杰特还无法判断这位翔士的性别。虽然本能告诉他这是名少女，不过杰特并没有把握。

亚维男性当中，有的即便超过二百岁，依然拥有妙龄美女般的容貌。以眼前这位的年纪，更难判断是美少女还是美少年。

在杰特沉思期间，翔士步步迫近，无与伦比的存在感让拥挤的人群自动为其分开道路。翔士步伐飒爽而优雅，脑袋几乎没有晃动。少女，抑或是少年，昂首阔步。

杰特扫了眼别在黑色亚维军服胸口的阶级章。虽然是临阵磨枪，但他对阶级章有一定了解。

纹章是用弧线围成的双重等边三角形，银色的边框内，是同样银色的"八颈龙"——这只既是皇家的象征，同时也是帝国国章的圣兽正在咆哮。阶级章的底色是红色，表示这是位飞翔科翔士。除此之外，纹章里没有星星或线条。

也就是说，这是位翔士修技生。

对方虽然穿着翔士的服装，但并不是正式的翔士，还只是见习。从翔士修技馆毕业后，需要以见习身份在军舰或者基地实习半年。

同时，能看到阶级章那里微微的隆起，杰特这才确信这位翔士修技生是名少女。

既然知道她是来接自己的，其实大可迎上去，不过某种压力迫使杰特站在原地。

眨眼工夫，翔士修技生已经来到杰特跟前，猛地停住脚步。"您是凌·苏努·洛克·海德伯爵公子·杰特阁下吗？"

杰特听她流利地报出冗长的名字，不禁畏缩起来，最终只能点点头。

她的右手忽然一晃。

杰特感觉到危险，反射性地往后一退。

不过，翔士修技生只是伸出右手的食指和中指，碰了碰头环。这是亚维式的敬礼。

"我是'哥斯罗斯号'巡察舰派来接你的，跟我来。"

听声音确实是少女，不过干练的口吻倒更像少年。那音色就如同用指甲去拨绷到极致的琴弦，无比清冽。

翔士修技生敬完礼，也不管杰特跟没跟上，直接转身就大步流星地往回走。

杰特胸中涌起了怒火。

他本来也没抱多少期待。虽然辞典对"地上人"的解释并不含歧视，可是细品教科书的描述，能隐隐感到来自亚维的轻蔑。所以说，杰特多少有心理准备，反正他已经习惯被特殊对待。

可是，人是生而平等的，他绝不愿意屈从蔑视卑微地活着。

这位少女翔士修技生，多半是不乐意奉命来迎接半路发迹的地上人贵族之子吧。不，肯定是巡察舰上的人都不愿意来，才把任务推给最底层的见习生。

绝对不会错——杰特暗自下了结论。

必须纠正这种态度。人际关系最重要的是开头，这是杰特通过戴尔库图星的经验学到的信条。

首先要从自我介绍的礼节开始。

"喂，你等等！"杰特叫住了翔士修技生。

"干吗？"少女回过头。

"你知道我的名字吧？"

"你不是凌·苏努·洛克·海德伯爵公子·杰特阁下吗？"漆黑的眸子流露出戒备的神色。

看到她的表情，杰特有些吃不准了。因为，从她脸上看不到嘲弄或者轻蔑。

"嗯，我的确是凌·中略·杰特没错，可我还不知道你的名字。我是不清楚亚维的习惯，可你这样，我心里很没底。"

少女惊讶地瞪大了双眼。

难道问名字对亚维来说是种冒犯？杰特有些不安。虽然他学习过亚维的文化，但那都是学校里曾做过国民的人教授的，或许并不全面。

然而，少女接下来的反应却完全出乎杰特意料。

修技生绽放笑脸挺起了胸膛，深蓝长发轻轻扬起，接续缨末梢的机能水晶随之摇曳，仿佛奇异的耳饰，"就叫我拉斐尔吧！"

杰特惊诧不已。仅仅只是介绍自己的名字而已，根本没必要这么亢奋。她的架势简直像在宣告战争的胜利。

"相应的，"拉斐尔继续道，"我叫你杰特，行吗？"

杰特看到拉斐尔问话时的表情，心里的疙瘩顿时如同飘落热水的雪花，瞬间消融。她艳丽眉眼间浮现的无疑是担心，生怕遭到拒绝。

"当、当然。"杰特连连点头，"我求之不得呢。"

"那好，杰特。"拉斐尔道，"走吧。"

"嗯。"这次杰特乖乖地跟在拉斐尔身后。

"杰特，"拉斐尔说道，"我也有件事想问你。"

"什么？"

"刚才我对你敬礼时，你往后退了吧？那是为什么？"

杰特自然说不出是害怕挨打，只好临时编个理由说："我老家就是这么打招呼的,一个没忍住。"

"噢?"拉斐尔似乎丝毫没起疑心,"你们故乡打招呼的方式真怪,就像在防御攻击。"

"任何文化看到不熟悉的事物都会感到奇怪。"杰特严肃地解释道。

"原来如此。"拉斐尔点点头,"我是在亚维当中长大的,不太了解别的文化。"

"我想也是。"

"不过,你也是亚维,最好还是习惯群星的眷属的做法。"

杰特暗自叫苦。

群星的眷属——亚维不时这样自称,据说是他们心爱的雅号。

不过,杰特心想,那种气体团子,唯一的本事就是核聚变,跟它们攀亲戚,真的值得骄傲吗?再说了,有谁去征求过群星的意见?

当然,他敢说出口的只是客套话。

"说起来容易做起来难,从小养成的习惯不好改。"

"或许是吧。"

"接下来有的受了。"杰特故意博取同情似的叹了口气。

其实杰特心里别提有多得意。他的担心纯属多余,与亚维的首次接触远比预想中顺利。不说别的,两人已经建立了直呼其名的关系。而且,对方是几乎同龄的少女,只要是男生都会飘飘然，否则最好反省一下是不是有心理问题。

两人肩并肩站到了第二十六号升降筒的门前。

拉斐尔操作起电子手环，门开了。

通往地面的升降筒设有一百人的座位，而这里根本没有座席，内部也很窄，恐怕勉强能站下十个人。

"对了，"杰特选了个四平八稳的话题，"那艘巡察舰，叫什么名字来着？"

"'哥斯罗斯号'。"

"对，那艘'哥斯罗斯号'隶属哪个舰队？"

"属于练习舰队。"

"那舰上有很多跟你一样的翔士修技生吧？"

"看来你很缺乏常识。"拉斐尔语带责难。

"没办法，我光学语言都很吃力了。军队的知识就那么点儿，还是死记硬背的。"

"啊，原来如此。"拉斐尔脸色稍显凝重，"那情有可原。"

杰特有些吃不准，难不成她是在道歉？

升降台上升两层后停住了。

杰特跟着拉斐尔走出升降筒。

"练习舰队下属的确实是练习舰，"拉斐尔边走边做起说明，"不过，需要练习生才能登舰，不收我这种翔士修技生。练习舰队还有另一个作用，就是帮助新锐舰熟悉航行，直到正式纳入编制。'哥斯罗斯号'三个月前才刚开始服役，目前除舰长外都还在练手。"

"什么?"杰特一下子担心起来。

"放心吧,"拉斐尔板着脸,"只是措辞而已。除我之外,舰上都是老手,只是在进行最初的调试,不会等你乘上去就散架了。"

"这是当然,我一点儿都不担心。"杰特又在虚张声势。

这一层没有普通乘客,只有身着制服的员工。墙壁紧靠着升降筒,这里看起来像是一条环形走廊。

绕过升降筒,是通往外部的走廊,两位从士正在站岗。从士并非亚维,是属于星界军的下级军官,多数都是地上世界出身的。

从士敬过礼,说道:"修技生,按规矩,需要验证你的电子手环。"

拉斐尔伸出戴有电子手环的左手。

从士把电子手环贴近一个长方形的机器读取数据。"可以了,修技生。还有阁下,也请出示电子手环。"

"啊,好的。"杰特也伸出左手。

确认身份时,从士瞥了一眼杰特的脸,像是在纳闷儿:这家伙明明跟我一样是地上民,怎么会是贵族?

"可以了,阁下。好了,二位请通行。"从士表示许可。

"有劳了。"拉斐尔说完,催杰特跟上。

两人站上去后,走廊开始传送,距离并不远。

杰特看到写在墙上的"帝国星界军管理区域"几个大字，不由得一哆嗦。在他原本所处的世界里，军队只是历史书和辞典上的概念。现在，他却已置身其中，即将正式接触那些未知的存在、过去的遗物。直到此刻，他才开始紧张起来。

自动传送带的终点是一扇门，二人上前，门平缓地打开了。

紧靠门外，停靠着一艘宇宙飞船，杰特满眼都是船身漆黑的涂装。

"这就是'哥斯罗斯号'巡察舰？"杰特严肃地问道。

"你不会是认真的吧？"拉斐尔的眼神严厉起来。

"别忘了，拉斐尔，我是门外汉。"杰特慌忙解释。

"凡事都有限度。"

"说起来，我从前坐过的货客船好像还稍微大些？"

"我不清楚你所说的船是什么级别，不过肯定不会是'稍微大些'。这是'哥斯罗斯号'搭载的短艇，乘载五十人级别。当舰船无法直接入港时，就用它来运送士兵，或者舰与舰之间进行联络。只不过今天你是唯一的乘客。"

"太荣幸了。"杰特说到这里，突然冒出个疑问——既然这样，那由谁来驾驶？难不成是拉斐尔？！

杰特对宇宙飞船的操舵手存在刻板印象，认为其中绝不包括同龄的女孩子。

不过，杰特有种近似确信的预感。如果他胆敢问出口，结果不仅是二人好不容易建立起来的良好关系会被破坏，连杰特的肉体也会遭受致命打击。

"你坐哪边？"拉斐尔问道。

"哪边？就这一艘艇吧……"

"副操舵席是空的，你要坐吗？还是想去后方的生活区？"

"有漂亮的服务员吗？"杰特说起俏皮话。

"虽然没有漂亮的服务员，"拉斐尔一脸严肃，"却有美丽的操舵手。坐不坐？"

看来"美丽的操舵手"指的就是她自己。

幸好没问出口，杰特在心里嘟囔着。要是刚才问她有没有别的操舵手，拉斐尔肯定会理解成对她的侮辱。

"当然要坐副操舵席。"杰特只好认命，选择把性命交到她手里。

星界的纹章 I

3

爱之女

"对了,空识知觉到底是种什么感觉?"杰特坐在副舵手席问拉斐尔。

"要问是什么感觉,我也很难解释。"拉斐尔拉出头环的接续缨,正要接到座椅的靠背上。

"据说靠这个就能感知宇宙飞船周围的一切,真的假的?"

"嗯,可以感受到船的感受。"她漆黑的眸子浮现出讶异,"空识知觉对你来说这么稀奇?"

"肯定稀奇啊,"杰特耸耸肩,"我还从没遇到过哪个人类有空识知觉。"

空识知觉是亚维独有的感觉。

在亚维额头上有个名叫空识知觉的器官,平时都用头环遮挡起来。对地上人而言,别说是实物,连通过影像看一眼的机会都没有,杰特自然也从没见过。

头环用于连接空识知觉器官的部分,有将近一亿个发光单元闪闪烁烁,通过空识知觉器官,将宇宙飞船感知机器群获得的信息传输到额叶的航法野[1]。这个航法野也区别于普通人类,是亚维特有的。

头环没跟船舰连接时,就成为个人使用的全方位雷达,

---

1. 航法野,亚维与生俱来的脑内区域,位于前额叶。处理空识知觉获得的信息,让亚维可以直接感知四维的时间和空间。

会探测穿戴者周围的空间。对亚维来说，头环并不仅仅是门第的象征，更是从出生起就必不可少的器具。

杰特意识到他误会了一件事。

两人刚见面时，他以为拉斐尔不管他跟没跟上，径直转身就走，其实，她是在用空识知觉感知着杰特。

"是吗……"拉斐尔有些困惑，"不过，我还是没法跟你解释，我无法想象没有空识知觉的生活。"

"我想也是。那你现在正在计算轨道吗？"

"计算轨道？"拉斐尔一愣，"不，并没有。"

"那你只是接收数据啊。"杰特稍微有些失望，看来亚维的航法野是过誉了。

"并没接收什么数据。"

"那你是怎么确定轨道的？"

"无意识的，类似直觉吧。"

"居然靠直觉！"

"嗯。"拉斐尔若无其事地点点头，"就好比你扔东西，也是凭感觉来瞄准吧。道理是相同的，都是下意识地进行计算，通过直觉确定最合适的轨道和喷射时间。有什么难理解的？"

"太难理解了，总会有出差错的时候吧。"

"只有小孩子偶尔出错，你大可放心。"

"是吗……"杰特并不太放得下心。

他环顾起操舵室。

——我还以为宇宙飞船的操舵室会更繁杂。

操舵室呈球形，只有地板是平面。共设置了两张可调整的座椅，面前各配有一块显示画面，仅此而已，并没有杰特想象中的操舵装置或仪表。

有的只是乳白色的光洁内壁。座席后面挂着"哥斯罗斯号"巡察舰的舰章旗，以有翼龙为设计形象。拉斐尔军服的左上臂位置，也有相同的图案。

操舵装置安装在座位上。可调整座椅只在右侧扶手上，设置了好些操作按钮。当然，不可能就靠这几个按钮来实现驾驶宇宙飞船的复杂操作。

——这就是控制手套啊。

可调整座椅的左侧挂着类似手套的用具，杰特仔细端详起来。手套长度一直覆盖到胳膊，在电子手环的操作区和显示区开着小窗。手套材质是黑色的人造皮革，还有很多金属部件。尤其是手指的部分，整个覆盖着金属。

据说亚维就靠这只手套和语音来控制宇宙飞船，扶手上的按钮最多只起辅助作用。

杰特在戴尔库图的亚维语言文化学院学过控制手套的知识，但他始终无法相信光动手指就能操作宇宙飞船。

"我有些好奇，"见拉斐尔已经戴好控制手套，杰特向她问道，"偶尔会不会忘了戴着手套，忽然用左手去拿东西？"

"驾船期间会忘记左手的存在。"拉斐尔作答。

"可是，靠手指的动作来控制，感觉不太合理吧。"

"为什么？"拉斐尔不解，"难道还有更好的方式？"

"有的吧。地上人操作的星系内宇宙飞船就更……"杰特没把"像样"二字说出口，而是谨慎地斟酌起用词，"我听说有基于不同设计理念的操作装置。"

"但这种方式更优越。"翔士修技生指着左腕。

"不过，"杰特问道，"手指的动作很难记吧？偶尔忘了怎么办？"

"你走路时会思考怎么调动肌肉吗？"

"不会。"

"平时都是自然而然地迈步吧？"

"唔，当然咯。"

"对啊，驾船也是同样的道理，只考虑希望飞船怎么样，手指自然就知道该如何配合，太过在意反而会忘记动作。就是这样。"

"原来如此，都是训练的成果啊。"杰特不禁感叹。

"只是从小就接触而已，谈不上专门训练。"

"这样啊。"杰特有些自卑起来，同时也很高兴自己做出了正确的判断，没有去问"有没有别的操舵手"。

"可以出发了吗？"拉斐尔问道。

"啊，当然，随时都行。"

屏幕亮了起来，众多曲线组成的亚维文字开始从下往上地滚动着。

"这么快,你看得过来吗?"杰特盯着自己的显示屏,绿色的文字一晃而过,看得他眼睛发花,却一个字也认不出来,绝不是习惯了就行的问题。

"看不过来。"拉斐尔的视线离开屏幕,答得干脆。

"既然看不过来,"杰特指着屏幕,"这有什么用?"

"是思考结晶在检查舰艇,如有异常,会停下来显示红色。"

"那正常的部分就没必要显示了吧?"

"确实有这种意见,"拉斐尔承认,"不过,显示出来也无大碍,反而比较有气氛。"

"这倒是。"

最终,屏幕上成行的绿色小字被清空,闪烁起"一切正常"的大字。

"看吧,这样就完成了。"

"很简单啊。"

"嗯,是思考结晶的功劳,代为完成了这项工作。"

"可是,机器也会出错吧……"

"人类也会犯错。"拉斐尔估计是在宽慰他。

"你这句话太让人放心了。"

"你太爱操心了,只是直接回巡察舰而已,我们的机器不会动不动就出错。"

"也是。"杰特斟字酌句,"不过,这里离巡察舰到底有多远?"

"你的问题毫无意义,对方也在移动。若是高度差,大概五赛达珠[1]。"

亚维沿用了发源于地球的CGS制单位系统[2],不过他们似乎总想替换成母语才甘心,五赛达珠正好相当于五千千米。

也就是说,从这里到对面——即从宇宙港到巡察舰,至少要穿越五千千米的真空。

或许这对群星的眷属而言连散步都算不上吧,不过杰特认为,还是要对宇宙多抱些敬意,起码不是坏事。

修技生左手一动,"一切正常"几个字随即消失,画面上出现了宇宙港工作人员的上半身。

"呼叫管制。"拉斐尔说道。

"这里是戴尔库图行星第一宇宙港。"工作人员做出回应。

"这里是'哥斯罗斯号'巡察舰短艇,舰艇指挥军籍编号01-00-0937684。第二军用码头,请求减压。"

"'哥斯罗斯号'短艇,管制收到,现在开始减压。"

1.赛达珠,作者自创的亚维世界计量单位。赛=10^8,1达珠=1厘米。
2.CGS制单位系统,即厘米-克-秒单位制,分别以厘米、克及秒为长度、质量及时间的基本单位,常用于重力及相关力学科目。

说是开始减压,不过坐在操舵室里完全不清楚外面的情况。

"我说,能看看外面的样子吗?"杰特问道,他还以为画面上会显示外部影像。这是他第二次乘坐小型艇,不过上次几乎没留下多少印象,所以现在其实相当于首次体验。虽然有些不安,但同时也有一些好奇。

"你想看?"

"嗯,我又没有空识知觉。"

"这样啊。"瞬间,拉斐尔脸上闪过一丝同情。"好吧。"

除了显示画面和舰章旗的区域,整个内壁都成了透明的。当然,并不是真的变透明,而是把外部的样子处理成立体影像投影出来。

减压景象让杰特大失所望。看来这片区域清扫得非常干净,完全没有尘土飞扬,仅凭视觉根本无从判断空气是否变得稀薄。

大约一分钟后,管制告知已经完成减压。

"第二军用码头,请求打开闸门。"拉斐尔说道。

"'哥斯罗斯号'短艇,管制收到。"

这次让杰特饱了眼福。正面的墙壁左右分离开来,前方是群星的海洋。

"确认闸门完全开启,请求出港许可。"

"'哥斯罗斯号'短艇,批准出港。要使用电磁推进吗?"

"不必，采用低温喷射推进出港。"说完，拉斐尔不忘打趣杰特，"如果用电磁推进，你多半要晕过去。"

杰特对此毫不怀疑。

"管制收到。祝你顺利归舰。戴尔库图行星第一宇宙港管制，通话结束。"

"多谢。'哥斯罗斯号'短艇，通话结束。"

画面上的管制员消失后，拉斐尔左手的手指在空中飞舞起来，短艇随着振动开始上浮。

杰特生怕撞上顶棚，拉斐尔则集中于空识知觉。看她居然闭着眼，杰特更是心里发毛。

当然，用不着他穷操心。

短艇在上升的同时也在前进，保持着高超的平衡，在撞上顶棚前就驶入了星海。

杰特的身体逐渐开始产生飘浮感，因为离开了轨道塔设置的重力调节范围。

幸好有座席带固定，他才不至于真的飘起来。

杰特把操舵员座椅整个转了四分之一圈，脚下能看到横倒的轨道塔，正面是戴尔库图星的地表。

"你真厉害。"杰特打心底里赞叹。

"厉害什么？"

"驾驶得非常熟练。"

"你可太小看我了，"拉斐尔似乎有些不满，"亚维的小孩都能像这样驾船。"

"对你们来说或许是这样。"杰特又开始自卑,"虽然问女性年龄很不礼貌,不过你还很年轻吧?"

"你想说我还是个小毛孩?"亚维少女的眼神凶恶起来。

"怎么会?"真是服了,这个宇宙里最容易的事,说不定就是惹这位大小姐发火。杰特暗自叹口气,赶紧摆手,"我的意思是,怎么说,不容易分清你们的年龄,所以想确认一下……"

"这样啊。"少女修技生立刻收回了脾气,"你的推测是正确的,我今年刚满十六岁,还很年轻。"

——这么说,比我小一岁啊。

"不过,为什么不礼貌?"拉斐尔问。

"什么?"

"你方才说了,询问女性年龄是不礼貌的。为什么问女性年龄会不礼貌?"

杰特眨巴着眼。确实,说起来,到底是为什么?

"估计,女性都希望自己显年轻吧。起码,戴尔库图和马尔提纽的女性是这样。"

"噜。这又是为什么?"

"说不上来,我也不是很懂她们的心思,你该去问地上人的女性。"杰特眼看拉斐尔还是不太理解,赶紧转移话题,"翔士修技生都像你一样年轻吗?"

"并不。"拉斐尔有些得意,这种表情让她显得异常稚气,"修技馆的考试并不算特别难,如果年满十八岁再考,只需牺牲一下社会活动而已。不过,十三岁就获准办理入学的非常少,多少是值得自豪的吧?"

"确实。"杰特燃起了幼稚的好胜心,"我也挺自豪的,要知道,我必须同时学两门外语,还是在十七岁就考上了主计修技馆。"

"嗯,很不简单。"拉斐尔直率地表示钦佩。

突然,"哔"的一声响。

"怎么了?!"这声音在杰特听来就像警报。

"已经进入可以加速的空域了。"拉斐尔若无其事地活动着控制手套。

"哦。"杰特藏起害臊,"要多长时间?"

"短艇上并未携带重力调节器,时长取决于你能承受多大程度的加速。"

"别忘了我是地上长大的。"杰特炫耀道,据说亚维的标准重力大约只有戴尔库图的一半。"你能受得了,那我也受得了。"

"这样啊,那只需要不到七分钟。"

"嚯,还挺快啊。"

"就两步路的距离。"

"原来如此。"或许他必须尽快习惯宇宙尺度的感觉了。

座席自动伸展成睡床模式。

进行姿态控制时,加速方向会剧烈变化,人会感到摇晃,不过整个过程持续时间很短。

"出发。"拉斐尔话音未落,杰特就感到椅背强烈的推挤。

"哇,这是在干什么?!"超乎想象的加速几乎快把他压扁了。

"加速。"拉斐尔平静地说道,"别说你连加速都不知道。"

"知道!当然知道!可是这么高的加速度……"他连说话都无比艰难,血管被用力压迫,能感觉到手脚都开始发麻。如果只是一分钟他还能忍受,可是七分钟绝对撑不下来。"你、你完全不受影响?!"

"嗯。从前没有重力调节器,我们的祖先通过改造让身体适应了极高加速度或者无重力的生活,我也继承了相应的遗传基因。关键是骨骼和循环器系统,也就是说……"

现在他可听不进去长篇大论的解说。"求你了,拉斐尔,把加速度稍微调缓些。"

"那会花更长时间。"

"难道,会出问题?!"

"并不,巡察舰还属于磨合期,制订行程都会留够余地,要应对各种可能的突发状况。"

"那就好,拜托了……"

"嗯，真没办法。"

加速停止了。

"那就必须改变航线才行，加速度只是稍微放缓一些，可以吗？"

杰特摇头，"不，再多缓些，非常缓的程度。"

"哦。"拉斐尔在半空动着手指。

短艇重新开始加速，虽然还是比马汀行星上的重力更让人难受，不过并不是不能忍耐。其实，现在从座位上下来走一走也没问题。

"现在如何？"

"嗯，合适了。"

"可是要多花不少时间。"

"这也是没办法，"杰特答道，"不过我并不赶时间。现在加速度有多大？"

"四个标准重力，载有地上人时通常都用这一参数。如果进行更长途的旅行，会降到两个标准重力。地上世界各地的重力大抵都在这个范围。"

"你该提前告诉我的，说地上人肯定吃不消。"杰特愤愤不平。

"我以为你承受力更强。"拉斐尔的语气并没有恶意。

"谢谢，你太看得起我了。"

"而且，你并不是地上人，是亚维。"

"令人头疼的是，我并没有这种自觉。你也知道吧，我的遗传基因完全是地上人。"就算法律承认他是亚维，可遗传性状并不会随之改变。打个极端的比喻，哪怕法律把鱼定义成鸟，它也不可能飞上天。

"先不管遗传基因，"拉斐尔说道，"我建议你至少应该培养培养亚维的气质。帝国贵族不会因为加速度太大就大呼小叫。"

"铭记你的忠告。"杰特嘴上顺从。

他原本就预感自己不适合当帝国贵族，这下更觉得不适合了。或许他现在就该掉转头，让杜林帮忙介绍工作。

然而，他说不出要回去这种话。

最终，在几秒钟的无重力和姿态控制后，短艇开始减速。戴尔库图星成为蓝白斑纹的球体，浮在头顶上。

杰特产生了一种不断坠落的错觉。

"对了，"杰特问道，"你是什么身份？"

"问这干吗？"拉斐尔语带责难。

"别误会……"杰特慌了，拉斐尔似乎误以为他在炫耀自己的贵族身份，"我只是好奇你为什么年纪轻轻就加入星界军，会不会跟我一样，是想尽快履行完义务。我是不是不该多嘴？"

"这倒没有，只是我不想说。在成为叙任翔士前，身着军装的这段时间，身上不能有显示家世的东西。"

"意思是星界军里不讲身份？"

"没错，军队里只靠这个说话。"拉斐尔指了指右边衣袖上的阶级章。

"知道了。不过，我是想问你为什么要加入军队，是因为义务，还是个人意愿？"

"确实有义务。"拉斐尔承认。

"啊，果不其然。"士族没有强制兵役，对他们而言进入修技馆是种权利，而非义务。这下杰特可以肯定，拉斐尔是贵族的大小姐。

"跟我猜的一样。"

"猜什么？"

"呃，没什么……"杰特含糊其词。他确实推测拉斐尔出身高贵，不过原因是第一印象——她不开口都显得心高气傲，一开口更是盛气凌人，所以还是闭嘴比较明智。

"不过，并不完全因为义务。"谢天谢地，拉斐尔没有追问。

"那又是为什么？"

"我想尽快独当一面。"

"啊，原来如此。"只要被授任翔士，无论年纪大小都会算为成年人。

"可是，也不至于这么着急吧，当个小孩子也很惬意。"

拉斐尔稍做沉思，终于拿定了主意问道："你没有身世上的秘密吗？"这话问得唐突。

"身世的秘密？"杰特不知所措地答道，"不，并没有。只是我很小的时候母亲就过世了……"

"母亲？你不是父亲的儿子吗？海德伯爵阁下是你的家长吧？"

"对，是我父亲。啊，我懂了……"杰特想起了亚维的家庭制度。

亚维不会结婚。

亚维社会里，相爱的人也会住在一起，有的时间长到不亚于结婚。极少数情况下，甚至会"直到死亡将彼此分开"。

不过，这并非制度，最多不过是一种生活形式。

疯狂燃烧，化为灰烬——据说这就是典型的亚维式的爱法。

对于一辈子青春永驻的亚维而言，估计很难接受以一起变老为前提的婚姻制度。

因此，亚维理所当然都是单亲，根本没有"双亲"的概念。

自不用说，单亲可以是男性，也可以是女性。正因如此，"父亲的女儿"或者"母亲的儿子"才有了特殊的含义，分别指"男性家长抚育的女性"和"女性家长抚育的男性"。

"你应该听说过结婚这种制度吧？"杰特说道。

"嗯，听过。啊，是我疏忽了，你是地上长大的。"

"没错,我是通过结婚生下的孩子。既是父亲的儿子,同时也是母亲的儿子。"

"这样啊。"拉斐尔有些不解,"有两个家长是什么感觉?母亲去世时,你难过吗?"

"这个嘛……"杰特心里一惊,没想到她会问得如此直接。他开始回忆,不过浮现出的并不是只在立体影像里看到过的母亲,而是莉娜·柯林特的面孔。

"我很难过。"

"原谅我,问了不该问的。"拉斐尔垂下眼。

"不,没事的。那时候我还非常小,几乎没多少印象了。"

"不过,"拉斐尔似乎有些羡慕,"这样就不可能有身世的秘密了?"

"咦?怎么说?"

"既然提供遗传基因的双方共同组建了家庭,怎么可能还有身世上的秘密。"

"话不是这么说。"杰特头痛起来,不知该怎么更正拉斐尔的误解。

"别的地上世界如何我不清楚,不过在马尔提纽或者戴尔库图,有的并不是自愿做的父母,从前还有想做父母却做不成的。这种时候,也会有身世上的秘密。当然,还有其他各种情况。"

"指什么？"拉斐尔一脸困惑。

"唉，回头你自己去查一查吧，很复杂的。不过，你为什么要提起身世的秘密？是跟你参军有关系吗？"

"我的身世存在秘密。我不知道自己是否是爱之女，换你也会不安吧。"

"爱之女……"听起来像是某种宗教上的概念，不过亚维应该并没有宗教信仰。"是什么意思？"

"你不明白？"拉斐尔似乎很惊讶。

"唔，看来我受的教育还有相当多的不足……"杰特半是辩解道。

他就读的学校虽然名叫亚维语言文化学院，其实授课是以学习语言为中心。至于文化方面，只是粗略提及帝国国民的行为举止，也就是礼仪方面的知识而已，并不涉及亚维文化本质的部分。

虽然他也会向老师提问，或者查阅书籍，却没有实在的收获。像政治体系或者法律条例，因为有官方的文件，所以流传甚广。不过紧贴亚维日常生活的信息，反而错综复杂真假难辨，杰特根本无从判断哪些是可信的。

对此亚维也要负一半责任，并不是说他们刻意隐瞒自己的文化，而是极其缺乏热情去做说明。

说到底，学院的老师也只是和亚维共过事的普通人而已，最多只是远远张望他们的生活。就算有书本，也都是前国民所著。有的作者甚至连戴尔库图都没离开过，只是参照这些信息，罗列出毫无根据的臆测来迎合大众。

归根结底，都是因为亚维极少向地上人说起自己。

"所以说，我确实不了解你们的家庭情况。亚维不结婚倒是早有耳闻，可是比如要怎么生孩子，这些我就不清楚了。"杰特战战兢兢地打量着拉斐尔的表情，生怕说了冒犯她的话。

不过拉斐尔似乎并不在意。"这样啊，你根本不知道我们是如何繁衍的吗？"

"嗯，怎么说……"杰特面红耳赤地组织着语言。完蛋了，这岂不是在问她"小宝宝是怎么来的"吗？他自认早就过了问这种问题的年纪，对方还偏偏是比他年幼的少女。"我只知道你们不会亲自去受孕……"

"并不绝对。"

"是吗？那怎么检查遗传基因？"

"会先把受精卵取出。多数情况都会移进人造子宫，不过偶尔也有女性想尝试奇特的体验，会选择放回自己的子宫。"

"原来如此。"这下杰特掌握了一个亚维不为人知的真相。在戴尔库图有个根深蒂固的传言，认为亚维女性没有子宫。

"不过，据我了解，普遍还是采用人造子宫受孕。"

"哦，"杰特耸耸肩，"这下你该明白了吧，就算硬逼我去当精神上的亚维也没用。可以说，你们整个种族都有身世上的秘密。其实我也查过，可是各种记述实在太多，比如把自己的分枝体[1]培养成后代啦，混合陌生人的遗传基因啦，把同性的遗传基因跟自己的结合啦，甚至亲戚也可以当对象。真是佩服这些人的想象力……"

"这些都是真的。"拉斐尔插嘴。

"啊？"杰特惊掉了下巴。

"有的完全沿用自身遗传基因，或者稍加修改来培育后代。有的也会获取外人的基因。这些都是个人的自由。"

"这样吗？"杰特糊涂了，"可是，你们很重视家世吧？要是照你说的，似乎根本不在乎血统。"

"家族重要的是家风的传承，而不是遗传基因的传承。"

"可是……"

"雕琢子女的遗传基因并养育成人，才是血亲。"

"唔，这样啊。"杰特思考了一番，感觉有些道理。改造遗传基因对亚维来说属于家常便饭，他们不重视血统似乎也说得通。

"不过，最普遍的做法，还是把心爱之人的遗传基因与自己的结合。"

"有你这句话我就放心了。"杰特陈述了感想。

---

[1]. 分枝体，相当于克隆。

"自然，对方可以是同性，或者近亲，也可以是好几个人。我听说，这会让来自地上世界的人非常震惊。"拉斐尔带着疑问观察起杰特的表情。

"是真的，"杰特点点头，"我现在就相当地震惊。"

"这就怪了，遗传基因工程并非我们的专利。"

"其他情况我不清楚，"杰特委婉地说道，"不过就我接触过的地上世界，并不太赞同折腾人的遗传基因。"

"看得出来。"拉斐尔忽然气冲冲地瞪起杰特，"先申明，我心里也并不平静。仔细想想，现在就我们两人身处密闭空间，不该讨论这种话题。"

"很抱歉。"杰特努力保持冷静，原来亚维也会回避这种话题。

"总而言之，'我需要你的遗传基因'这句话，是最认真的示爱告白之一。"拉斐尔有些陶醉地说道。

"嚯。"对于没有婚姻制度的亚维而言，这就相当于求婚吧。

"在这种告白之下诞生的孩子……"

"我知道了，"杰特插嘴，"就是'爱之女'吧。"

"嗯，男性就被称作'爱之子'。"

看来，让他既尴尬又无比好奇的话题终于结束了，杰特放松下来。

"不过，这种事你直接问你家长不就好了？"杰特说到这里，心里一凉,"难不成,你的家长……"

"嗯?"深邃漆黑的眼瞳看过来,"啊,我的父亲尚健在。目前看来,应该还能活蹦乱跳两百年。如果这是你想说的。"

"嗯,差不多吧。"看来是他想多了,"那你干吗不问他?"

"你以为我会想不到吗?"

"呃……"

"之前父亲不愿告诉我,"拉斐尔愤然,"他认为神秘的身世更能丰富孩子的人格,实在有够无聊的!"

"难道查不到吗?"

"成年之后,就可以自由阅览自己的遗传记录。可是在此之前,必须经过家长的许可。"

"噢噢。"这下杰特懂了。也就是说,她的愿望是尽快成年,好自由查看自己的遗传基因。

"本来瞒我的理由就很牵强。我在想,是不是他想逗我,才故意弄出身世之谜。"

"为什么会有这种想法?"

"我永远记得,小时候,我希望自己是爱之女,就一直缠着父亲问是谁提供了遗传基因。起初他一直不肯说,后来终于同意带过来为我介绍。你猜怎么样?"

"结果没带来吗?"

"不,比这更恶劣,完全是在耍我。他把赫莉亚抱到我跟前,说'就是这家伙,来跟你的一半血缘打个招呼吧!'"

"赫莉亚是谁?"

"我家养的猫!"拉斐尔懊恼地叫道。

杰特不由得扑哧一声笑了。"拉斐尔,你该不会真信了吧?"

"并不是没有可能。"拉斐尔恨恨地瞪着杰特的笑脸。

"这……这样啊。"只见拉斐尔一双圆溜溜的大眼睛,眼角向上挑起,那轮廓还真有几分像猫,"你们连这种事都做?"

"法律是禁止的,因为有违道德。"

"很高兴发现我们有共通的伦理观,真好。"

"你也是亚维。"

"啊,对哦。"杰特并不反驳,"不过,那你就该知道是在骗你了吧?"

"当时我才八岁,哪里知道这些法规。"

"也是。"

"你不知道,我哭了一整晚。赫莉亚是只好猫,可一想到自己的一半都来自它,我就受不了。"

"总觉得……可以理解你的感受。"

"我最不能忍受的是,父亲竟然是个和猫一起生孩子的变态!"拉斐尔挥舞起右手。

杰特有种说不出的慌张,赶紧看向翔士修技生的左手,只见戴着控制手套的左手就像被黏合剂固定住一样,纹丝不动。

他这才放下心来。

"哭完一整晚,我才反应过来,赫莉亚来我家时还是只小猫,而且我记得很清楚。"

"也算是圆满解决了。"

"哪里圆满?好长一段时间我都相信自己是其他猫的后代,成天担心手心会不会长出肉球,指甲会不会变得能够伸缩,或者瞳孔会不会变形。我还时不时就去照镜子,感觉我这辈子都没这么紧张过。"

"不过,现在嫌疑已经洗清了吧?"

"嗯。"拉斐尔点点头,"不过,我并没忘记那些日子的不安。我之所以希望尽快成为翔士,也是想离开父亲。"

"你讨厌爸爸吗?"不知亚维的礼仪允不允许刚见面就这么追根问底——杰特虽然心虚,却忍不住嘴。

"并不讨厌,"拉斐尔皱起美丽的面庞,"虽然不愿承认,但我很爱他,也以他为傲。只是,同他在一起,我不时会感到焦躁。"

杰特回忆起父亲——海德伯爵的长相。这七年里,他只在偶尔收到的信里看到过那张脸。在这七年背后,遭到背叛的感觉始终萦绕心头。

很难说有爱,但也并没有恨。没错,他对父亲不抱任何感情。又或许,在他内心深处,刻意压抑着对父亲的情感。

"唉,家家都有本难念的经。"杰特评价道,"你说他之前瞒着你，那现在已经坦白了？"

"嗯。"拉斐尔表情一变，满脸的幸福，"是我非常熟悉和向往的女性，我确实是爱之女。"

"太好了。"杰特由衷地说道。

星界的纹章 I

4

"哥斯罗斯号"巡察舰

"杰特,你往下看。"拉斐尔忽然说道。

几秒间的无重力和姿态控制之后,又过了好一阵。

杰特中断关于明球的话题——很遗憾,拉斐尔似乎没多大兴趣——在睡床模式的座席上扭过头,看向地板。

闪烁的群星之间,悬浮着一个构造物,轮廓是压扁的六角形,上面有好些圆形开口。因为正好有一定倾斜,可以从底部,或者说是从顶端,俯瞰到塔形的结构。

"那就是'哥斯罗斯号'巡察舰?"杰特问。

"没错,是不是比这艘短艇稍大一些?"拉斐尔打趣道。

"好像是。"杰特嘴上这样回答,其实他现在根本拿不准。巡察舰看似非常巨大,可眨眼又好像比短艇还小。虽然他明知不可能,但有这种视觉效果。

在杰特的凝视下,"哥斯罗斯号"巡察舰逐渐变大。

减速停止后,舱内进入无重力状态。同时,座席也从睡床形态恢复到原状。

终于,短艇和巡察舰擦身而过。

相对速度相当缓慢。

巨塔缓缓向他们迫近。

杰特的视线从脚下移向舱壁,又移向舱顶。

刚才俯看到的部分已经高不可及,杰特陷入一种下坠的错觉,仿佛在缓慢坠落。如果羽毛选择跳楼自杀,或许临终前看到的景象就是这种感觉。

塔还在继续延伸。

"哇，好壮观。"杰特不禁感叹。一想到这是为了作战而建造的，压迫感就更强了。

眼前的船体在强烈宣示着，自己是为了破坏而造的武器。要说杰特之前亲眼见过的武器，充其量不过戴尔库图星上警察别在腰间的麻醉枪而已。二者存在本质上的不同，根本不能相提并论。

"你也太后知后觉了。"拉斐尔有些嘲弄地说道。

"宇宙里嘛，距离太远不好分辨，我又不像你们有空识知觉。"杰特注意到了拉斐尔的表情，轻声一笑，"能不能麻烦你收起充满同情的眼神？就算没有空识知觉，迄今为止我都活得好好的，往后也准备坚强正直地活下去。"

"你说得对。"拉斐尔连忙别开脸，"我就破例给你个慢慢观赏的机会吧。"

"那真是感激不尽。"

随后，短艇从帝国国章上飞过。国章的设计与阶级章相仿，只不过边缘和"八颈龙"是金色，底色为纯黑。至于大小，自然没有可比性，印在巡察舰上的国章大到可以在上面来场明球比赛。

短艇终于来到舰首。

随着拉斐尔左手的扭动，短艇开始斜滑。

巨舰前端就像钟摆一样，从杰特头顶掠过。

短艇从另一侧飞出。

巡察舰开始下降,只看景象仿佛都能听到轰鸣。

"'哥斯罗斯号'是帝国最先进的舰船,"拉斐尔解说起来,"全长有12.82威斯[1]达珠。"

"这样啊。"没想到还挺小。

"比战列舰或者运输舰要小,你曾经乘过的那艘船应该要比它大。不过,别说帝国,恐怕整个人类宇宙也没有哪艘比得上它的战斗力。"

"是啊。"杰特对此毫不怀疑。

短艇变换着角度,围着巡察舰转了好几圈。

"看够了吧?"拉斐尔说道。

"嗯,足够了。"

拉斐尔左手的手指一动,星空中浮现出一名男性翔士的上半身。"这里是短艇一号,舰艇指挥军籍编号01-00-0937684,任务编号0522-01,请求接收。"

"收到。"翔士回复道,"准备外部控制。舰艇指挥,玩耍也要有个限度,本舰的外装有什么吸引你的地方吗?"

"我在带伯爵公子阁下参观本艇和巡察舰的不同。"拉斐尔意味深长地看了一眼杰特才作答。

"什么?算了,开始信息联结。"

---

[1] 威斯,作者自创的亚维世界计量单位,威斯=10^4。

"收到。"拉斐尔迅速动起手指,一边对杰特说道,"其实我并不想依赖思考结晶,不过没办法,这是军队的规定。"

"星界军不会傻到给修技生损坏舰艇的机会。"杰特还来不及说话,就被巡察舰的翔士打断,"确认已联结。"

"短艇也已确认。有劳了,通话结束。"

"通话结束。"

转瞬之间,画面上的翔士消失了,取而代之的是满屏滚动的数字、文字和图表。

"接下来就没我的事了。"拉斐尔有些不满地说道。

"谢谢你了。"杰特开口道谢。

"任务而已。"

"对了,说到任务……"杰特问道,"不需要动用短艇的时候,你都在干什么?肯定无聊得很吧。"

"你在说什么?"拉斐尔撅起嘴,"修技生自然是来见习的。"

"这我当然知道。"

"飞翔科翔士的所有工作我都要做,虽然只是打下手,但有很多事要忙。"

"这样吗?"

"等你也成为修技生就知道厉害了。"

"可是,我是主计科……"

"主计科也有工作忙的时候,一整天都要埋头清点食物和备件。"

"真是辛苦的工作。"杰特不禁叫苦。

巡察舰从正面迫近,外壁突然开出一个洞来。

短艇进行姿态控制,重力随之产生细微的波动。

杰特有些犯恶心。他刚以为入口换到正后方了,可眨眼工夫,操舵室就整体旋转四分之一周,入口到了正下方。

短艇被巡察舰的人工重力捕捉住,轻飘飘地开始下降。

最后一刹那,下部的姿态控制喷口同时喷射,短艇终于在起降甲板着舰。

顶棚上的船舱闸门随之关闭,周围亮起灯来。

"开始加压。"刚才的翔士又出现在画面上,这样告知道。

"待机等待加压结束。"拉斐尔回答。

白雾从四面八方喷来,雾气的奔流相互碰撞,形成复杂的漩涡。

随后,雾气转薄,直到完全消失。

"加压完毕,暂时原地待机。"翔士下达指示。

"收到。"

"干吗要待机?"杰特打量着拉斐尔的表情,担心出了什么问题,"平时也是这样吗?"

"不,今天特殊。"

"那是为什么……"

"需要时间准备甲板欢迎仪式。"拉斐尔说着脱下控制手套,收回头环的接续缨。

"甲板欢迎仪式?"杰特有印象,应该是舰艇迎接要人时举行的仪式。"给谁办的?"

"如果你是打心里不知道才问我,那你的观察能力要跟蓝藻植物画等号。"拉斐尔说。

"呃,抱歉。"当然是为了迎接杰特,其实他心里有数。不过,他真没想过自己有这么重要。"可是,那是千翔长以上级别才能享受的待遇吧?"

"拥有阁下称号的贵宾都有资格享受仪式。你也是阁下吧?"

"这么说来确实是,真的是专门为我办的?"

"别忘了你是诸侯的一员,杰特,帝国里拥有诸侯身份的是极少数。"

亚维约有两千五百万人,几乎都是士族,属于贵族的刚好二十万。其中,领地内拥有有人行星的才可称诸侯,总共只有一千六百家,算上家族成员也就不到两万人。

而帝国国民约有十亿人。地上世界受帝国支配的领民数量,恐怕可达九千亿这个数字。这样一比较,诸侯的稀少程度就一目了然了。

海德伯爵确实属于稀少集团,即便发家史并不为人称道。

"可是，我从来就不喜欢参加什么典礼仪式……"

"没有典礼那样盛大，"拉斐尔保证道，"只是舰长做自我介绍，再介绍下舰上的高级翔士而已。"

"或许对你来说只是'而已'……"

左后方的门开了，自动机器铺起红色的地毯，后面跟着走来六名翔士。

打头的是位女性翔士，墨蓝色的头发齐眉齐肩，佩戴着单翼头环。伸展的羽翼别住头发，以便顺利戴上加压头盔，这标志着她拥有舰长的称号，而且她的腰间系着表示职务的小饰带，佩有指挥杖。

"甲板欢迎仪式准备完毕。"语音通话切入进来，"有请海德伯爵公子阁下登舰。"

"收到。"拉斐尔应答后看向杰特，似乎在催他。

"知道了。"杰特松开座席带站起身，"你也会一起来吧？"

拉斐尔惊讶地摇摇头，"我去干吗？"

"这样啊。"杰特很是失望，"那，回头能再见面吧？"

"生活区就这么大，应该会碰到。"

虽然跟杰特期待的回答有出入，现在也没法要求更多。

"回见，这一路谢谢你了。"

"我也很愉快。"

"太好了。"

参加甲板欢迎仪式的翔士有六名，正对面看过去，右起四位佩戴着红色阶级章，代表飞翔科。四人中最左边的是舰长，在她左边是配绿章的军匠科，再左边是配白章的主计科。

——这种场面该怎么应付？

杰特后悔刚才没问拉斐尔。很遗憾，戴尔库图的亚维语言文化学院并没教授过，诸侯该如何应对甲板欢迎仪式。

总之，杰特决定先从抬头挺胸站端正开始。

忽然，站在一旁的从士吹响了信号笛。

六名翔士一起敬礼。

杰特强忍下抬起右手敬礼的冲动，遵照亚维普遍的礼节，笨拙地并拢脚跟，挺直后背，略一鞠躬。

"非常荣幸，欢迎阁下登舰。"舰长说道。她的虹膜仿佛盛满融化的黄金，唯独瞳孔漆黑一片。"我是'哥斯罗斯号'巡察舰舰长，蕾克修百翔长。"

——什么啊，原来亚维第一次见面时也习惯自报姓名。

杰特又鞠一躬，"我是凌·苏努·洛克·海德伯爵公子·杰特，前往帝国的这一路上，有劳您费心了，舰长。"

杰特很满意，这番话好歹说得还算得体，尤其是没报错自己的名字。

"敬请放心。容我为您介绍我的部下。"

百翔长让杰特同五名部下相互认识。

蕾克修和拉斐尔有种说不出的相像,所以杰特以为亚维长得虽美但缺乏个性,其实并不然,其他几位翔士都美得各具特色。

首先是监督——基姆琉亚军匠十翔长,维修检查军舰主引擎等机械设备的总管。她有着乌木般的肤色,眼睛和头发却是明亮的苍蓝色,对比鲜明。

接着是书记——迪修主计十翔长。如果说监督是照顾机器的负责人,那他就是照顾人类的负责人。他略带红色的眼瞳显得十分沉稳。

副舰长兼先任导航员是雷利亚十翔长。这是位蓄着淡蓝胡须的男性,五官深邃,给人亲切随和的印象。

先任炮术员是沙琉修前卫翔士。他在亚维当中也属名门,锐利的眼神如同剃刀。

最后一位是先任通信员尤恩赛琉亚前卫翔士。她的发色只能用三原色中的蓝来形容,举手投足间流露着沉静稳重。

这些全都是亚维,看起来二十岁出头。也就是说,根本猜不出他们的年龄。

"即刻出航。"介绍完后,蕾克修说道,"如果您愿意光临舰桥,我们会更加荣幸。"

"好的,我很乐意。"杰特说着瞥了眼身后的短艇,拉斐尔还没出来。

"稍后我让从士把行李搬到您的房间。"蕾克修似乎误解了杰特视线的用意。

"咦，啊，有劳了。"

"请走这边。"蕾克修作势引路。

如果是在戴尔库图星，蕾克修肯定会被誉为绝世美女。金色的眼睛虽然奇妙，却丝毫无损她的女性魅力，反而起到了烘托的效果。

杰特并非不习惯跟女性相处，在戴尔库图他还是积累了一定经验。

不过，年长的美女还是让他却步，尤其这位美女还是军舰的指挥官。

看来舰长身旁的位置已经默认留给了他，杰特和她肩并着肩，心里七上八下。

更让他慌神的是，五名高级翔士就像随从一样，排成一串跟在后面。

按理说，亚维的标准重力要比杰特习惯的小一半，然而他的步伐却无比沉重。

舰桥是半圆形，从略微向上弯曲的内壁推断，说不定是位于球体的内部。

地面分为两层，外侧更低一些。

"海德伯爵公子阁下及舰长入内！"随着舰桥警卫从士的通报，杰特跟着舰长进入了位于中央较高层的半圆内。

九名翔士起立，敬礼迎接杰特和舰长。

"有请。"蕾克修百翔长示意他就座，席位看起来是临时设置的。

"多谢。"杰特点头坐了下来。

接着舰长就座，然后是各位翔士。四名高级翔士也进入舰桥，各就各位。共有十二人围绕舰长坐在控制桌前，另外两名——基姆琉亚监督和迪修书记，背对舰长坐在前面。

"显示舰外影像。"随着蕾克修一声令下，内壁变为星空。

以舰长为首的翔士们都连上了头环上的接续缨，看来这是在照顾没有空识知觉的杰特。

"准备出航。"百翔长的号令如同鞭子划破空气。

杰特没法悠然地垂览各位翔士是如何工作，而是在椅子上缩成一团，就好像淘气包误闯了不该进的地方。

"全舰设备无异常。"基姆琉亚军匠十翔长报告。

"舰内环境无异常。"接着是迪修主计十翔长。

"操舵准备完毕。"沙琉修前卫翔士戴上控制手套。

"获准通过渥拉修伯国管辖之'门'，许可时间为舰内时间十五点二十七分十二秒到十八秒。"尤恩赛琉亚前卫翔士报告道。

"出航准备完毕。"雷利亚副舰长做出总结。

"很好，"舰长点点头，"六个标准重力加速度，前往渥拉修门。"

"向17-62-55转舵。"沙琉修前卫翔士受命。

"批准。"蕾克修简短回应。

由于有人工重力,完全感觉不到姿态控制时的摇晃。只是星空大幅偏斜,昭示巨舰舰首在转动。

杰特靠着椅背伸长脖子,看到了丁点儿大的戴尔库图行星。

"姿态控制完毕。"

"起锚!"

随着舰长的命令,巡察舰开始微微振动。水流注入湮灭装置,反质子流射进水流。相遇的物质和反物质贪婪地相互吞食,最后留下能量。没和反物质发生关联的物质,则在能量的作用下飞向空中,产生的反作用力冲击巨舰,于是带来了振动。

"您一定很无聊吧?"蕾克修有些担心地向他搭话。

"怎么会?"杰特实话实说,"我还从没有过这种经历,非常感兴趣。"

"您有什么想问的吗?"

"我想想。"杰特一番思索,绞尽脑汁选了个中规中矩的问题,"照刚才的介绍,沙琉修前卫翔士应该是先任炮术员,不过操舵也是他在负责。炮术员需要兼顾操舵吗?"

"是的。在普通宇宙里,操舵是炮术员的工作,因为对巡察舰而言，战斗和操舵密不可分。"

"原来如此。我还有一个疑问……"

"请讲。"

"按我理解，书记是负责舰内事务的，不过看起来他在舰桥也有分工。"

"您说得没错。书记的职责还包括确认重力调节是否正常，舰内是否保持加压。不过，他只在出入港口和战斗时才在舰桥，其余时间几乎都在书记室处理工作。"

"书记室里的工作是指……"

"啊，阁下将来也会从事这方面的工作，肯定更感兴趣吧。或许您可以直接去问沙琉修……"

杰特在与蕾克修磕磕碰碰的交流中有了一个发现，其实这位翔士是名亲切的女性。

隔阂还是有的。舰长从头到尾都保持着恭敬的态度，杰特也没勇气随便开口。

不过蕾克修百翔长非常诚恳，看得出她在尽可能回答杰特的提问。虽然不时会被她当小孩子看，但杰特并不介意，毕竟他确实缺乏社会经验。

这时，雷利亚十翔长报告道："将于三分钟后通过'门'。"

"不好意思，失陪一下。"舰长致歉后下令道，"生成时空泡。"

"时空泡生成装置无异常。"基姆琉亚军匠十翔长回复。

"确认生成时空泡。"

前方,渥拉修门占据整个视野,这是尤亚诺的第二形态。亚维将保存于"莱夫·埃里克松"推进装置的第一形态尤亚诺称为"关闭之门"。直径一赛达珠的磷光球状特异空间是尤亚诺的第二形态,叫作"开启之门",或者简称"门"。

"一分钟后,通过'门'。"

"最后三十秒倒计时!"舰长下达命令。

"收到。"

开始读秒时,前方的星空已经完全被"门"释放的微光覆盖。

"……五、四、三、二、一,通过。"

通过"门"时并不会感受到冲击,不过外部影像上的风景瞬间有了变化。已经看不到磷光,也没有星空,只有一片灰色的空间。

超光速航行的秘密就是这片平面宇宙。和普通宇宙不同,这里完全受另一套物理法则支配。顾名思义,平行宇宙是由二维空间和一维时间组成的宇宙。亚维把恒星宇宙飞船包裹在时空泡里,穿越这片特殊的宇宙。时空泡是被切割的普通宇宙,就像四维时空里存在缩小化的六维连续体,平面宇宙内也允许时空泡的存在。

现在,"哥斯罗斯号"巡察舰正处于独立的宇宙当中。这片宇宙里除了巡察舰自身，就只剩少量的浮游原子。

这一瞬间，哪怕普通宇宙里发生天崩地裂的灾难，他们也无从得知。杰特不禁不寒而栗。

"确认位置。"舰长下完命令，转头看向杰特，"您知道吗？我们并不清楚现在所处的位置。"

"这是什么意思？"

"从普通宇宙向平面宇宙转移时，"蕾克修百翔长做起了平面宇宙航行理论的基础讲解，"也包括相反的情况，我们只能通过概率论来推测位置。您知道概率论的含义吗？"

"就是'瞎猜'的高级说法吧。"杰特有些得意。

"近似，"舰长点头，"'门'的内侧和外侧，也就是平面宇宙一侧和普通宇宙一侧，是相互对应的，然而并不知道确切位置。平面宇宙侧的'门'多数呈现不完全的螺旋状曲线，说不清会从曲线的哪个部位出来。"

"位置确认完毕。"这时，先任导航员大声报告，"右岸，距离终端117.92。"

地面显示出平面影像，扭曲的螺旋"门"内侧有个蓝色光点，就是"哥斯罗斯号"巡察舰现在所处的位置。

"调整至二百八十度完全移动状态。"舰长下令后问杰特，"您了解移动状态和停止状态吗？"

"嗯，这种程度还是懂的。"杰特说道。虽然他修的是主计科，不过这种基础知识是办理入学所必备的。如果要进行精细的数学论述,他就没辙了。

如果平面宇宙存在观察者,时空泡看起来应该就像一个粒子,一个逐渐失去质量的基本粒子。这个基本粒子可以处于两种状态,即移动状态或者停止状态。

想得简单些,就好比地上有个正在旋转的球。如果旋转轴和地面垂直,球自然就该停在原地。如果平行,就会滚动。旋转轴垂直于地面时就叫停止状态,平行时则是移动状态。不存在旋转轴倾斜时的状态。

处于移动状态时,可以自由指定旋转轴的方向,而且两种状态可以瞬间切换,由此调节速度。

不过别忘了,无论是停止还是移动,球始终都在旋转,也就意味着在消耗一定的能量。

"接下来,操舵就成了导航员的工作。"蕾克修低声说完,转而对雷利亚下达指示,"目的地,史法格诺夫门,推算航线。"

几乎是同时,扭曲螺旋的附近,一条蓝色虚线横穿而过。

雷利亚抬头望着舰长,"推算完毕。"

"批准。"蕾克修百翔长点头,"接下来就交给你了,雷利亚。进入航线。"

"收到,舰长,包在我身上。"

显示现在位置的蓝色光点准备从螺旋内侧进入开阔区域

内了。

螺旋线上出现绿色的光点,开始移动。接着又有别的绿色光点与蓝色光点擦身而过,向螺旋移去。

这些是驶往渥拉修伯国的船只。

不一会儿,蓝色光点抵达虚线处,开始沿着它行进。

"舰长,已进入航线。"雷利亚说道。

"很好。解除全员执勤制,转为第一轮班制。"百翔长边说边收起了接续缨。

舰桥里的翔士们也纷纷起身,只有三人没动。

翔士们离开房间前不忘敬礼,蕾克修百翔长也站起来回礼。

杰特不知该采取什么态度,只好不知所措地坐在座席上。

"阁下,"舰长也重新落座,"即便这是您的首次体验,接下来恐怕也会感到无聊。当班的翔士都只是沉着脸,监视各自负责的装置有无异常而已。所以还是先送您去房间吧。"

"不用,舰长。"杰特心一横,"您不介意的话,我想跟您聊一聊。"

"我很乐意,阁下,在换班前我都无事可做。不过,您想聊什么?"

"您知道海德伯爵家的由来吧?"

"是的,征服海德伯国多少是个话题。"

从她的语气听来,"征服"或者"侵略"这些词似乎并无贬义,至少是对亚维而言。

"那您可能知道,我并不懂得贵族的礼仪。"

"是吗?"她似乎感到意外。

"嗯。我完全摸不着头脑,没人教过我这些。"

"可是,难道您跟渥拉修伯爵家并无往来吗?"

"是啊,"渥拉修伯爵家对自己领地内滞留的下任海德伯爵毫不关心,杰特也没心情专程去拜访轨道官邸[1],"从没邀请过我。"

"也就是说,您不清楚该如何对待我们?"

"没错。"杰特颔首,"才刚认识就问您这种事,就怕您为难……"

"哪里,"蕾克修似乎很愉快,"我们士族能有机会指点诸侯的举止,称得上是难能可贵的体验了。"

"那请问,呃,我的态度是不是很奇怪?身为诸侯,是不是该摆些架子?"

"摆架子是允许的,"百翔长说道,"但并不讨人喜欢。这样说您明白了吗?"

"太好了,那我表现得也不算太奇怪嘛。"

"确实。"蕾克修抄起手,"老实说,是有少许与众不同。

---

1. 轨道官邸,亚维贵族或富裕的士族在行星或轨道上建造的居住地。

不过，并不是与众不同就一定要遭人非难。"

"哈哈……"杰特转眼就丧失了信心，"请问，普通的诸侯都是什么样的？"

"多少具有一点威严。"

"我想也是。"杰特消沉起来。

"不过，像您这样要远远好过摆架子，阁下。"

"谢谢。"舰长特意的安慰也没能让杰特重新打起精神。

"您知道自己的身份在我之上吧？"

"其实我还真不清楚。舰长对我的态度一直很恭敬，但我自认并不值得。"

"这样吗？"舰长看起来很为难，是和过于无知者打交道时的那种为难。

"怎么说，爵位的高低我还是能分辨的。不过，我怎么查也弄不清它和社会地位之间的关系，不如说越查越糊涂。似乎帝国里也经常有贵族在士族手下工作。"

"对，相当普遍。"

"这岂不是说，我几乎没什么社会地位？是这意思吗？"

"所属组织内的人际关系，靠宫中级别说话。"蕾克修解释起来，"由于我是舰长，被授予一等勋爵士，就士族而言算相当高位的身份，不过远不及伯爵公子。"

"那岂不是很麻烦？"

"怎么说？"

"部下比长官的身份还高，会不会不好指挥？"

百翔长轻笑起来，"您指的是所属组织不同的情况吧？在军队内部，这才是准则，也是唯一的准则。"她指着右上臂的阶级章——那动作就跟拉斐尔如出一辙，或许是星界军翔士的共同特征。"如果阁下也被分派到我手下做主计翔士，我会毫不客气地驱使您。到时请别期待会有现在这样的优厚待遇。"

"嗯，这我也有耳闻……"杰特还是没想通，"可如果非要去考虑军队以外的身份呢？"

"嗯，"蕾克修思索起来，"过去确实存在。不过，我们的身份制社会和军队都是历经种种锤炼的产物，现在已经不会有这种情况。如果有人无法分辨星界军和社交界的区别，那么即便此人身居高位，在社会性上都会被视为不合格。"

"想不通啊。"杰特叹气。

"会吗？我从出生起就在这样的社会里成长，对我而言是理所当然。"

"那是看年龄吗？"

"您指什么？"

"是这样。"杰特解释起来。

在马尔提纽星还不太明显，戴尔库图的社会就十分重视"长幼顺序"。年长者只因为岁数大，就受到尊重。不过，上司年轻部下年长的情况也十分常见，在组织内部级别越高越有分量，与年龄无关。不过，一旦出了组织，二者的待遇就完全相反。可是亚维从外表很难区分年纪大小，恐怕不好理解长幼顺序。

"或许是这样，"蕾克修委婉地表示赞同，"我们很少在意年龄。"

"不过，话是这么说，"杰特立刻提出反对意见，"年长的人大多有丰富的人生经验，值得被尊重。可是，仅仅因为出身名门，怎么就能断定个人具备优异的资质呢？"

杰特很清楚，他提出的批判涉及帝国的根基，不过心里十分坦然。毕竟他自己就是贵族，可以大方质疑自己的身份。

不过，在他预想中，舰长肯定会慌神。

然而，蕾克修连脸色都不曾有变。

看来，要想动摇亚维的情绪，比登天还难。

"确实，"舰长思索起来，"所谓贵族，自然是杰出人物的后裔，继承了杰出人物创设的家风。我们期待这些人也具备某方面的杰出表现，所以认为值得予以尊敬。"

"是这样吗？"杰特表示怀疑，"可是，就算是被优秀的人养育，也不至于说优秀……"

"的确无法断言。"蕾克修毫不反对，"的确，即便建立了丰功伟业，并不见得能成为优秀的教育者。英雄生出窝囊废的例子也数不胜数。不过，多数情况下，卓越之人的后裔确实都有值得尊敬之处。"

"哦。"杰特含糊地点点头,心里想的却是自己的家境。就算假设父亲足够优异,杰特也并不是由他抚养长大的……

"而且,"蕾克修继续说道,"即便年纪更大,也并不意味着更加优秀。"

"确实。"杰特心里浮现出某张面孔,光是年纪在增加,却没有任何成长。

"之所以不看重长幼顺序,也与我们的社会秩序有关。这是我个人的看法,不知能否为您提供参考?"

"嗯,当然。"怎么说呢,参考是有的,虽然杰特并不完全赞同。

"那就先送您到房间吧,去宇宙港迎接您的那位修技生会为您带路。"蕾克修把电子手环举到眼前。

"啊,是她……"不用说,当然是拉斐尔,"她也是贵族吧?"

蕾克修惊讶地瞪大眼,"并不。"

"咦,这就怪了。她的态度跟舰长可大不一样。"

"您竟然不知道她?!"舰长挑着灰蓝色的右眉,像在责备杰特。

"呃,这个……"杰特后脑勺一阵灼热,他有种不祥的预感,"如果我说不知道,会很奇怪吗?"

"不,考虑到阁下与众不同的成长经历,或许并不能怪您。"舰长微笑着把电子手环调到通话状态,"亚布里艾尔翔士修技生,立刻前往舰桥。"

"亚布里艾尔?!"率领舰队侵略海德星系的司令长官也是这个姓氏。既然他是皇族,就意味着这是皇家的姓氏。"是哪家的亚布里艾尔?"

"克琉布王家。"

"岂不是……"

"没错,"蕾克修秀丽的脸庞上露出淘气的笑容,"亚布里艾尔翔士修技生正是皇帝拉玛珠陛下的孙女。"

星界的纹章 I

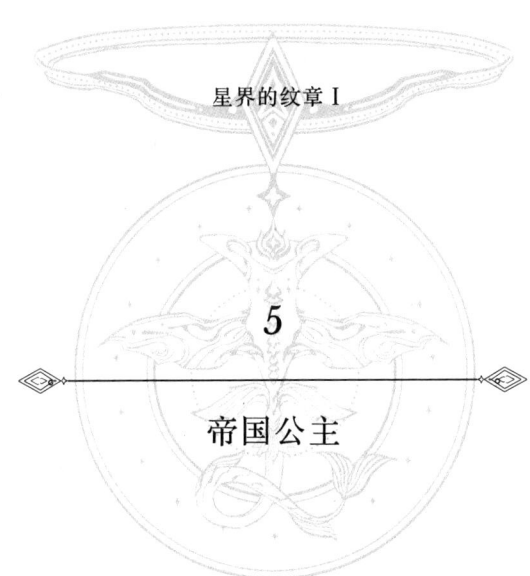

5
帝国公主

帝国虽然在一定程度上信赖贵族、士族的忠诚，以及亚维之间的家族纽带，但并不抱过度的幻想。能够保证帝国统一的唯有军事力量，必须掌握在位于统治中枢的皇帝手里——这就是帝国建国以来的原则。

因此，坐上帝位之人应当有军旅经历，最好是位优秀的军事指挥者。

话虽如此，如果让手握军权者自动成为皇帝，恐怕会引发无休止的内乱和权力斗争，迟早导致帝国的崩溃。

于是，"亚维人类帝国"的帝位继承采用世袭制，并综合考虑继承者的种种资质。

构成皇族的有八大王家，每家都是建国皇帝杜涅的兄弟或子女的后代，共同享有亚布里艾尔的姓氏。

八大王家分别是——

斯奇尔王家　　　尼·拉玛拉尔

伊利修王家　　　尼·杜希尔

拉西斯王家　　　尼·拉姆琉拉尔

卫斯科王家　　　尼·杜埃尔

巴尔凯王家　　　尼·拉姆萨尔

巴尔古泽德王家　尼·杜布泽尔

修尔古泽德王家　尼·杜亚赛克

克琉布王家　　　尼·杜布雷斯克

只要生在这八大王家，就有服兵役的义务，而且并非后勤为主的主计科或军医科，必须成为飞翔科翔士。

刚开始服役时，皇族能享受的唯一一项特权，和升入军事大学有关。星界军规定，至少需要四年半时间，才能升入军事大学。不过，皇族属于例外。不考虑本人的资质，只需两年半就自动允许入学。任职列翼翔士后，经过一年可晋升为后卫翔士，又一年半后成为前卫翔士，然后就能进入军事大学中最难考取的杜涅星界军大学。经过为期半年的训练后，他们就能获得十翔长的军阶和指挥官徽章。

虽说是帝室的特权，换个角度看，也意味着必须承担超过自身经验和能力的责任。而且，任职十翔长后，帝室就再无任何特权，之后的晋升速度也与其他军事大学出身者相同。如果任务失败，会和士族或贵族出身的翔士一样，受到毫不留情地处分。

从列翼翔士开始，完成飞翔科翔士的十二级晋升，成为帝国元帅之后，就将被皇帝亲自任命为帝国舰队司令长官，虽然这一职位平时除了极为少数的司令部成员，并不会调动其他一兵一卒。不过，从前这可是皇帝兼任的要职。就任这一职位，便意味着将成为下任皇帝，也就是皇太子。

确定新的帝国舰队司令长官后，比其年长以及年轻不到二十岁的皇族，按照惯例都将编入预备役。也会有皇族提前放弃皇帝的竞争，选择退出军队继承王位，或者保留爵位，后代不再继任皇族。如果不再继任，其子孙会获得"伯斯"

这一姓称，意味着继承了帝室的家风，但其身份为贵族。一旦成为贵族，就再也没有资格使用"亚布里艾尔"的姓氏。

帝国舰队司令长官会等待下一位成为帝国元帅的皇族出现。等到出现自己地位的后继者时，他或者她将即位皇帝，而现任皇帝则自动让位。

长寿的亚维即便退下玉座，大多仍有将近一百年的寿命，帝国也不允许他们安享余生。退位的皇帝，以及与皇位失之交臂的诸王，会互选成员组成上皇会议，获得"猊下"的尊称。

上皇会议负责掌管皇族翔士的晋升及审查，据悉，这种审查比军队组织针对一般翔士进行的还要严格。成功通过审查后，八王家的子女又会以四十年为期限，被强制要求参加翡翠王座的争夺。

在等待翔士修技生的这段时间，杰特用电子手环搜索了帝国显贵录，查到亚布里艾尔·尼·杜布雷斯克·帕琉纽子爵·拉斐尔为克琉布王杜比斯的第一公主。

杰特跟在她一步之后，心里一团乱麻。

这六年间始终困扰他的无措，终于达到顶峰。

在此之前，这种无措就像身边飞来飞去的虫子，杰特已经习以为常，有时甚至还有余暇去观赏。然而，这虫子不知从哪儿听说自己其实有刺，现在开始往杰特身上扎个不停。

杰特并不是没有预想过会遇到皇族,怎么说他也是个贵族,应当有资格获得皇族的召见。可是,那理应发生在舞会或者晚宴这类社交场所,在正式的引介下相互结识。

现在是他完全没有设想过的情况。

杰特原本相信人生而平等,然而身边是支配着九千亿臣民的帝国统治者的近亲,他的信条实在不堪一击。且不论过去或者将来,起码此刻杰特是货真价实的亚维贵族,完全置身于帝国的身份制社会之中。

杰特想起舰长对他这个半路发家的贵族嫡子的态度,他原本就担心在短艇里的言行不够稳妥,现在担心成了事实。

他到底该怎么弥补?

杰特六神无主地四下张望。

他原本以为军舰内部会冷冰冰的只求实用,没想到巡察舰的走廊上竟然绘制着壁画,而且画上还是随风摇曳的野草和白云流动的天空。

杰特还指望着欣赏壁画平复一下心情,结果没有任何效果。

"杰特,你怎么了?"拉斐尔在蒲公英飞舞的绒毛旁问道,"一路上都不说话,而且干吗走在我后面?"

"恕我失礼,皇女殿下……"杰特恭恭敬敬地说道。

拉斐尔猛地停住脚步,转过身来。

看到她的表情,杰特不寒而栗。

在短艇里，他也确实被瞪过。不过现在他明白了，那只是半开玩笑，就像小狗轻咬着人嬉戏。

——她真的生起气来，原来是这种表情啊……

秀美端庄的脸上满是显而易见的愤怒，漆黑的双眸中燃烧着熊熊黑焰，然而从她唇瓣间吐出的话语却如真空般冰冷：

"我并不是皇女，是公主。皇帝是我的祖母，父亲是王，仅此而已。"

"万分抱歉，公主殿下。"杰特恭顺地垂下头，心里却暗自嘟囔，只不过是叫错了称号，至于这么火大吗？

拉斐尔忽然一扭头，开始快步往前走。

杰特慌忙追上去。

显然拉斐尔的话还没说完，"如果硬要重视与皇帝陛下的关系，应当叫我皇孙女，不过并非官方称谓，很少有人使用。其实当我发现自己是皇孙女时，也别提有多惊讶。再者，皇孙女殿下叫起来并不顺口。"

"你说得对，抱歉，是您说得对，殿下。"杰特畏畏缩缩地附议。

"而且，在我出生时，皇帝陛下以我父亲为监护人，赐予我帕琉纽子爵的称号和领地，所以不时也有人称我帕琉纽子爵殿下。在这里，不知为何大多叫我亚布里艾尔翔士修技生。"拉斐尔一口气说完。

杰特插不上嘴，只得傻呆呆地挪动脚步。

"可是，我应该对你说过，让你叫我拉斐尔！"

哪怕杰特再迟钝，这时也反应过来拉斐尔到底在气什么。他连忙改了口吻："这样啊，抱歉，朋友都叫你拉斐尔啊。"

"并不。"拉斐尔冷冰冰地说，"直呼我名字的，只有父亲克琉布王杜比斯殿下，祖母皇帝拉玛珠陛下，姑妈格姆法滋伯爵拉姆琉努殿下，还有直系的上皇大人。朋友怎么可能都叫我拉斐尔？要么公主殿下，要么只称殿下。亲戚之间最爱用拉斐尔殿下的称呼。"

"那你怎么……"杰特不由得停下脚步。看来伯爵公子在不知不觉间突然获得了莫大的特权，却眼看就要来不及珍惜，"让我这个陌生人……叫你拉斐尔？"

"因为第一次有人问我的名字。"拉斐尔也停下来，可是并没转身，"皇帝的孙女太有名，大家都知道我的长相和名字。不必自报家门，也会有人主动招呼一声'公主殿下'。就算是相当亲近之人，也是把我当作'殿下'。从我出生起就是如此，早就习以为常。可是，在修技馆里，学生之间都是免去称号直呼名字，让我有些许——只是有些许而已——感到羡慕。尤其是在发现，只要与我在一起，大家都会拘谨起来。"

"我很抱歉……"杰特这才惊觉自己犯下了多大的过错，是他拒绝了对方好意伸出的手，伤了她的心。

"你用不着道歉，"拉斐尔还是不改冷淡，"你并未做错任何事。虽然'皇女殿下'是错误的叫法,不过你并非出于恶意。我受的教育不会让我去忍受冒犯的外号,不过只要是正当的,任何称呼我都可以接受。放心吧,想叫我公主殿下或者帕琉纽子爵殿下都不成问题,随你喜欢,伯爵公子阁下。"

"不,请务必让我只叫你拉斐尔……"

"别误会,我并非希望你叫'拉斐尔'。只是被问及名字时加上称号不太合适,所以才那样回你。"

——这么不会撒谎,怕是不适合当皇帝啊……

杰特赶紧抛开脑海里一闪而过的念头,恳求道:"求你了,我只想叫你拉斐尔。"

这时,拉斐尔终于回过头,直直盯着杰特,"你真的不必勉强,阁下。"

"我一丁点儿都不勉强,拜托了……"

"或者你也可以叫我皇孙女殿下,我并不介意。"

"哇,"杰特终于哀号起来,"到底怎么样你才能原谅我啊,拉斐尔!"

好一阵,拉斐尔默默地凝视着杰特,接着,脸颊开始抽动。愤怒的公主再也忍不住,终于轻笑起来。

杰特松了口气,看来二人又恢复了良好的关系。

"你当真完全没意识到我是亚布里艾尔的人?"拉斐尔忍着笑问道。

"嗯,完全没有。"

"即便看到我的耳朵?"拉斐尔拢起秀发,露出尖尖的耳朵——跟侵略海德星系的亚布里艾尔司令长官的一个形状。"这叫'亚布里艾尔之耳',是我们这一族的家徽。"

"头发遮住了看不到。"

"这样啊……我的耳朵在亚布里艾尔中是偏小的。"

从拉斐尔的口吻判断,这让她多少有些自卑。

"而且,"杰特继续道,"就算看见了,能不能察觉还是个问题。我又不是天生的亚维,对家徽这类东西不敏感。"

"嚯,是这样吗?"拉斐尔有些感慨地点点头。

"就是这样。"杰特开始往前走。

所谓家徽,是一族共有的肉体上的特征,比如耳朵鼻子的形状,或者眼睛皮肤的颜色。具体表现在哪里,视家族而不同。整个亚维,无论士族还是贵族,都异常执着于同族必须有相同的肉体特征。当然,这都是刻在遗传基因里的。

不用说,"亚布里艾尔之耳"是最为著名的家徽。

可是杰特呢,直到刚才都完全遗忘了家徽的存在。

拉斐尔也跟他肩并着肩,"你真的很有意思。"

"你就别打趣我了。"杰特耸耸肩,"对了,你刚才说的……"

"刚才说?"

"就你回忆修技馆时说的,大家只要跟你在一起,都显得很拘谨……"

拉斐尔用眼神示意他继续。

"我也有这种回忆,"杰特有些害臊地笑了,"当然,跟你的完全不在一个层次。"

"这话怎么说?"

"不晓得你知不知道……我是学校里唯一的贵族。"

"啊……"

既然就读亚维语言文化学院,当然是为了去亚维手下工作,自然不存在反亚维情绪。不如说,学院的大部分学生都想成为国民建功立业,虽不指望当上贵族,至少也争取加入士族,好让后代成为亚维。

对他们而言,区区一个地上人的少年将来却能继承爵位,心里自然不会痛快。

于是杰特成了到处被嘲弄的对象,还有人背着老师阴毒地欺负他。可同时,也有人对他摆出异常卑微的态度,这让少年困惑不已。

大家只是不知道该如何跟贵族相处。

"这也是没办法,毕竟连我自己都不知道该采用什么态度。"

"这样看来,你比我的处境更难。拿我来说,至少训练生都清楚该怎样对待皇族,只是我并不愿意被特殊对待。我受到足够的尊敬,也享有相应的礼遇。不过……"拉斐尔的眼中浮现出责难,"如果是我,绝不会甘愿忍受欺凌。"

"要知道,拉斐尔,我是和平主义者。"杰特耸肩。

"这跟和平主义或者好战主义无关。"

"可是,对方人太多了,就连老师都有那种倾向。"

"这样啊……"

"不过我立刻就掌握了技巧。"

"你怎么做?"拉斐尔颇感兴趣地问道。

"隐藏身份。"

"藏得住吗?"拉斐尔表示怀疑。

"我又不像公主殿下这么有名。不过……"杰特摇摇头,"学校里的效果并不好。就算有新面孔毫无恶意地来搭话,总有话多的老生去跟他们嚼舌根。"

"那你是怎么做的?"

"去校外。街上的领民过自己的日子,才不管什么帝国不帝国,我在那儿交上了朋友。"

"嚯,没想到你也不容易。"

迎面结伴走来两名从士,停下脚步向二人敬起礼。

拉斐尔边走边回了礼。

"请教一下,"杰特小声问道,"这种时候我该怎么做?鞠躬好像也不太合适。"

"点个头就行。"

这时已经与从士擦肩而过,于是杰特特意转过身点了点头。

两名从士大吃一惊，连忙把已经放下的手又举起来。

"你这样是给从士添麻烦。"拉斐尔颇有微词。

"看起来是。"杰特在心里叹了口气。

随后又遇上从士时，他做得不错。

最后，二人来到一扇门前。门上画着大朵的向日葵，正沐浴着阳光。

"这就是你的房间。"拉斐尔指着门。

"刚才我就一直在想，"杰特来回观察着房门，"为什么要画这些画？到底有什么用处？"

"仅仅是装饰，没别的用意。"拉斐尔说，"或许是认为军舰也需要些情趣吧。"

"可是，有些不搭调啊。"杰特嘟囔道，"就算要装饰，也有更适合宇宙飞船的风格吧？"

"比如？"

"星星啦，银河啦。"

"谁会去画这种无聊的东西？"

"我还以为你们深爱着宇宙呢。"杰特很是意外。

"确实爱，那是我们的故乡。不过，以绘画的题材而言，星星之类过于寻常。只要想看，随时都能看到实物。"

"话是没错……"

"而且，据说来自地上世界的从士看到这种画会更安心。"

"原来如此……"杰特仔细观察着向日葵,"不过,你们的看法呢?亚维的。"

"我已经说过多次,你也是……"

"我知道,我也是亚维,"杰特先发制人,"不过并不是天生的。所以我很好奇,亚维看到自然界的植物会有什么感想。"

"应该与地上民并无二致,"拉斐尔皱起眉,"我们也是源自地球的人类子孙。"

"可你并没见过真正的向日葵吧?"

"杰特,你这叫偏见,至少向日葵还是见过的。拉克法卡尔有植物园,我家也有花园。"

"是吗?"杰特回过头,指着背后的墙壁,"那这种风景呢?"

画上是一片大草原。几乎及膝的青草一望无际,象和马在其中觅食。零星有几棵松树桦树,湛蓝的天空樱花飞舞。

"的确没见过。"拉斐尔答道。

"那你有什么感想?"

"为何要问我这种问题?"拉斐尔的神情有些戒备。

"行行好,"杰特说,"你就配合配合吧,我想了解一下天生的亚维是什么样的。"

"这样啊,"拉斐尔点点头,"看上去像是梦中的风景。"

"意思是不像真实世界里的?"

"不像。"拉斐尔摇头,"我知道这是实际存在过的世界,而且我们就来自于这片风景。怎么说,就像神话。"

"是你们舍弃的故乡?"

"嗯,现在宇宙才是我们的故乡。只有我们才是宇宙的子民,这是我们的骄傲。"

"别忘了,地上民也是星际旅行者的后裔。"杰特指出。

"仅仅是旅行者。地上民的祖先只是经过宇宙而已,而我们是居住于宇宙。两者截然不同,你说是吧?"

"或许是吧。"其实说实话,杰特并不是很懂。亚维确实有某种独特之处,但杰特还不清楚是否是因为故乡的不同造成了这种差异。

"那你又有什么感想?"拉斐尔问道,"就像我们看星星那样,会感到无趣吗?啊,我这里所指是天生的亚维,你现在也属于亚维的一员。"

杰特有些惊讶,难不成拉斐尔也是以自己的方式在体谅他?"怎么会无趣,哪怕是地上世界也很少有这种风景。而且,我故乡的生态系统跟别的地上世界不一样。不过,倒也没有不现实到梦幻的地步。再说了,这幅画上的生态系统本来就不合理吧。在植物学者看来,肯定是纯属想象。行了,差不多该进屋了吧,我不知道该怎么开门。"

"明明是你先说起向日葵。"拉斐尔撅起嘴。

"可你也很感兴趣吧?"

"嗯,我还从没如此认真地看过画。"杰特很庆幸,这位克琉布王家的第一公主本性其实非常直爽。

"那就有劳你开门了,拉斐尔。"

"用你自己的电子手环就行,电波型已经注册好了。"

"啊,这样啊。"杰特碰了碰电子手环显示屏旁边的红石。

门开了。

杰特站在门口环视室内,"哎呀呀,了不得。"

"不合你意?"

"怎么会?比我想象中豪华多了。"

房间并不算特别大,纵深和睡床长度相当,宽度是其一倍。睡床以外的空间摆放了一组桌椅,最里面还有一扇小门。不过要说最醒目的,还属睡床这侧墙上,挂着的海德伯爵家的纹章旗。

纹章旗为绿底,缝制着红色的雷滋旺。雷滋旺外形似鸟,其实是马尔提纽星上栖息于汪洋的一种有毛鱼类。实物嘛,毕竟是鱼,退一万步说,也是相当愚蠢的生物。不过,展开泳翼的模样倒是十分有威严。

"你的行李应该已经放在里面了。"拉斐尔指着睡床对面的收纳架,"如果想清洁,就用那扇门。"

杰特打开里侧的小门瞅了瞅,不出所料,门后是盥洗间和浴室。

"真不错。这是干什么用的房间?给乘客的寝室吗?"

"这可是巡察舰,这是标准的翔士单人间。"

"我不会占了别人的床位吧?"

"不必担心。像巡察舰这种规模的军舰,都会预留出足够的居住设施,以便随时供给额外的舰员。我也算额外的。"

"那就好。"杰特看向挂在墙上的纹章旗,"这是从哪儿弄来的?"

"啊,应该是舰内制作的。"拉斐尔若无其事地说道。

"就为了我一个人?"

"除了你,还有谁用得着?"

其实我也用不着……

杰特耸耸肩,他对这个临时设计的纹章旗没有任何好感。他第一次看到这个纹章,是在伯爵家创立不久后。可是直到昨天为止,他都完全忘了这东西的存在。

杰特用手试了试睡床的舒适度,柔软的触感一摸就知道能睡个好觉。

杰特坐到床沿问道:"接下来,我有什么可做的?"

"唔,"拉斐尔瞥了眼电子手环上显示的时间,"再过两小时就是晚餐时间,舰长应该会邀你一起用餐。届时我会来叫你,你老实等着就行。"

"专程来叫我?用通话器告诉我地方,我自己去就是了。你也有工作要忙吧。"

"劝你打消这个念头。"拉斐尔一脸严肃,"我已受命明天带你参观,在此之前你都别单独走动。自星界军创立以来,不知有多少新兵或平民自以为能看懂舰内地图,结果险些在废弃的器材甲板上被晒成鱼干。"

"你也是其中之一?"杰特不怀好意地问道。

"杰特,这种揭人伤疤的问题很不礼貌。"翔士修技生假装正经地回答。

"看来你有愉快的回忆啊。"杰特微笑道。

"闭嘴,杰特。"拉斐尔一声呵斥,"还有别的问题吗?"

"唔,没了,谢谢。我知道怎么打发时间,乖乖等你就是了。"

"那就两小时后见。"

"嗯,两小时后见。"

拉斐尔转身走出房间,关起的房门阻断了她的背影。

杰特决定先泡个热水澡。

脱衣服时,他才意识到自己已经完全放松下来,登舰之前的紧张彻底一扫而空。

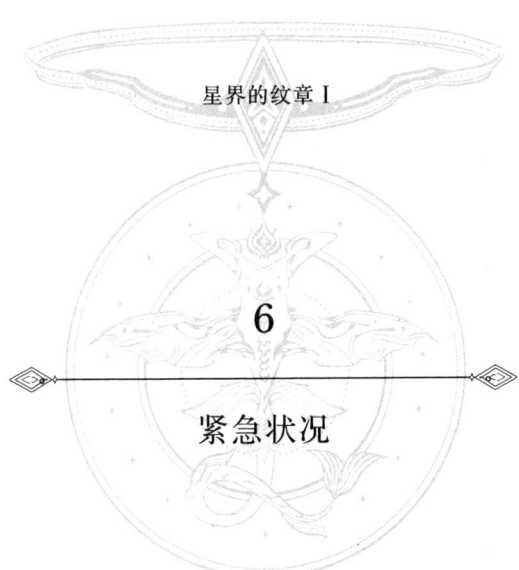

6 紧急状况

"哥斯罗斯号"巡察舰驶离渥拉修伯国的第五天。

"舰长。"耳边响起雷利亚十翔长的声音。

"哥斯罗斯号"巡察舰舰长,蕾克修·卫弗·罗贝尔·普拉奇亚百翔长立刻醒来,抬头看向枕边。黑暗中隐约浮现着立体影像,是正在值勤的副舰长。

"怎么了?"

"请速来舰桥。"在他仅有实体十分之一大小的脸上,是一反常态的严峻表情,"发现来历不明的时空泡群。"

"马上到。"蕾克修百翔长挥手挂断通话器,一跃而起。她熟练地穿好纯黑军装,用手拢顺睡乱的灰蓝秀发,戴上单翼头环,手里拿着饰带和指挥杖,快步赶往舰桥。

在升往舰桥的升降筒里,她迅速在腰间系好饰带,佩上指挥杖。

抵达舰桥时,她已是一身正式的舰长军装。

"雷利亚,报告情况!"蕾克修冲进舰桥叫道。

"方位,前方七十八度。距离,1539.17天涅[1]。航向,前方十八度。往史法格诺夫侯国方向。"负责执勤的雷利亚十翔长坐在舰长席上一口气报告完,准备让出座位。

可是蕾克修并未就座。"史法格诺夫啊,正好是我们下个

---

[1] 天涅,作者自创的亚维世界计量方式,平面宇宙中的距离单位。指拥有1赛伯(=100吨)质量的时空泡,以完全移动的状态,一秒间能够移动的距离。

计划停靠的地方。"

"没错,"雷利亚颔首,"应该是我们先抵达。"

"规模有多大?"

"已确认的时空泡有一百二十个,总质量约为九十泽萨伯[1]。换算为舰队,规模相当于四个分舰队。"

蕾克修舰长凝视着地板上显示的平面宇宙图。

中央的蓝色光点表示巡察舰现在的位置。

好几处"门"盘卷成黑色的螺旋。

普通宇宙里的"门"几乎不带质量,由于自身在辐射能量,同太阳风相互排斥,因此,自然状态下,"门"一般位于星系的外沿。

不过,当"门"位于事件视界[2]的远端时,会承受超过辐射量的能量压。这种情况下,跟大部分的"门"相反,能量将从普通宇宙流进平面宇宙。这种"门"就被叫作"火山"。

来自"火山"的能量会成为时空粒子——即被压缩的四维时空,质量是电子的四倍——让平面宇宙从粒子密度更浓处向更稀薄处流动,遇到其他"门"后就会回到普通宇宙。从前,人类用于恒星旅行的能量就源自于此。

---

1. 泽萨伯,作者自创的亚维世界计量方式,泽萨=10^{12},1伯=1克,泽萨伯=100万吨。
2. 事件视界,是一种时空的曲隔界线。视界中任何的事件皆无法对视界外的观察者产生影响。在黑洞周围的便是事件视界。

时空泡与时空粒子相互作用，既吸收时空粒子，又释放时空粒子。由于释放量大于吸收量，必须用时空泡生成装置里注入的能量来填补二者的差值。这就是支付给平面宇宙的通行费。

并且，时空泡除了释放时空粒子，还会放射质量波。就像普通宇宙里的电磁波，质量波理论上能到达无限远的地方，可以穿透时空泡。因此，即便间隔距离很远，也能感知时空泡的存在。

航线偏右六十度的位置，隔着三个"门"，成群的质量波源忽隐忽现——质量波同样无法穿透"门"。

出大事了——舰长根本不需深思就做出了判断。

假设是友军调动如此庞大的舰队，理应提前通知她。如果毫无预兆，就意味着发生了变故。假如并非友军，更是不必多说。

虽然舰长想质问来历不明的时空泡群，可惜平面宇宙的物理法则并不允许她这样做。

质量波无法用于通信。质量波的波长和频率受到平面宇宙物理法则的严格限制，丝毫不因人类意志为转移。假如能改变时空泡的质量，确实可以用于通信，然而重力调节技术并不能改变质量本身，这种设想并不现实。

时空泡之间唯一有效的通信手段，是靠撞击时空粒子实现的。不过，这种泡间通信的发送速度慢得难以忍受，而且距离稍远就无法使用。

"知道是从哪扇'门'进入的吗?"蕾克修问道。

"雷榭克琉亚后卫翔士正在计算。"雷利亚回复。

随后,有些青涩的男性翔士雷榭克琉亚导航员报告道:"计算出四十七个,已经是极限了。"

"其中有正在使用的'门'吗?"蕾克修问。

"不,全都是未经动用的'关闭之门'状态。"雷榭克琉亚望着舰长摇摇头。

"哪扇门的一光年内存在有人行星?"

雷榭克琉亚用思考结晶搜索起探测舰队的旧资料,"没有。"

"五光年以内呢?"蕾克修扩大范围。

"有一处!"雷榭克琉亚激动地涨红了脸。

"位置?"

"距离凯修一九三门4.1光年,巴斯克顿星系,巴斯克顿Ⅳ行星。所属是……'人类统合体'!"

"看迹象,"一旁的雷利亚凑过来低声道,"是同行啊。"

从前,亚维乘坐巨船亚布里艾尔——显而易见,皇室的姓氏就取自船名——载着八扇"关闭之门",在宇宙中流浪,做着武器商人的生意。

虽说是商人,可是谁也说不清何时能做上买卖。所以,如果靠交易来保障食物和日用品，并非明智之举。实际上，日常生活的必需品都是船上自给自足。亚维从外部获取物资，他们用于交换的主要是情报。

各个人类世界的历史、技术信息、科学论文、艺术作品，全都可以成为商品。人类社会动辄相邻十几光年甚至几十光年的虚空，十分渴望遥远同胞们的信息。都市巨船亚布里艾尔提供的资料难辨真假，却是他们维系彼此的唯一一缕细丝。

亚维并没有通过交易维系生活的迫切需要，所以非常独断。他们单方面明码标价，身为商人却厌恶讨价还价。一旦交涉破裂，就头也不回地前往下个星系。如果认为受到欺骗，就会以他们的标准来以牙还牙，再拂袖而去。虽然经常回过头来才发现是不幸的误会，可是这时已经距离受害方几光年之遥。亚维虽然注重公正，但也不至于专程折返回去道歉。

亚维，天性傲慢而无谋——这种说法在众多地上世界流传。其源头应该就来自这一时期的某个星系，只是在帝国创立之后才广为人知。

亚维集人类社会科学精髓于一身，不久就确立了平面宇宙航行理论。

他们在某个星系安顿下来，展开了开启"门"的实验。

当亚维耗费五十年的岁月，终于取得成功之时，他们决定独占这门技术。

在此之前，各个人类社会相隔甚远，恒星间根本无法发动战争。可是，平面宇宙航行技术使之成为可能。虽然宇宙还足够广袤，然而人类是寻找理由发动战争的天才。假如多个社会掌握平面宇宙航行技术，恐怕会引发大规模战争。为了防患于未然，亚维认为只能独占技术并加以管理。

话虽如此，这是科学理论，是技术。既然不是丑闻，即便下达最严格的封口令，肯定迟早会有人发现。

于是，亚维决定统一人类社会，靠武力独占理论。

据统计，初代皇帝杜涅宣布创建帝国时，亚维的总人口为二十七万两千九百零四人。按照亚维人口学家的推测——准确率相当高——同时期的人类总人口在一千亿以上。

不足三十万人想要统治超过一千亿的人口。

亚维天性傲慢而无谋，还真是说对了。

不过很不凑巧，亚维并不是首次踏足平面宇宙的人类。在人类的其中一个殖民地，苏美星系，实属偶然地发现了利用平面宇宙的办法。

苏美人没有独占技术，而是大方地——只不过要价也足够高昂——分享给了二十来个星系。

亚维帝国在吞并五个星系后，才发现平面宇宙已经有人先来一步，这让他们十分不快。亚维认为，苏美星系的方针会让宇宙的政治格局陷入不必要的复杂境地。

亚维主张，宇宙的政治格局应当是单纯的，而最为单纯的政治格局就是只有一个政体，唯有亚维才是能够肩负宇宙的种族，既然地上的居民并不热爱宇宙，那在地上寻求幸福就好。这样一来，所有人都能和睦幸福。

不幸的是，别的星际国家也有各自的意见，帝国的主张并不那么得人心。

亚维也明白应当尊重既得利益者，不会轻易向购买了苏美技术的星系出手。不过他们丝毫不打算学苏美人的做法，一旦发现还不了解平面宇宙航行技术的地上世界，就会毫不留情地实施征服。

亚维对人类社会的担忧应验了，各星际国家不遗余力地挖掘彼此的矛盾，搬出在第三者看来鸡毛蒜皮的理由，大动干戈。

地上世界就像沉迷于奇妙游戏的孩童，拿国家存亡做赌注。帝国原本是兴趣盎然的旁观者，却因为不可抗力，成了纷争的当事人。

亚维作起战来毫不留情，不加节制，一旦开战，就绝不妥协。他们总是剥夺敌国的星际航行能力，使其解体后以星系为单位编入帝国，这样才肯罢休。

这种残酷的做法，也导致了相应的反作用。包括两位皇帝及七名皇太子，多数的帝国显贵最终殒身宇宙。

不过，到目前为止，奏响胜利凯歌的始终是"亚维人类帝国"。

但对其他星际国家而言，支配他们的帝国属于不同物种，发动战争也并非出于政治目的，纯粹是来历不明的威胁。

星际国家重复着统一和分裂，不过大致都有数量逐渐减少的倾向。除去帝国，现在只剩四大国。按照国力顺序，依次是"人类统合体""哈尼亚联邦""扩大阿尔康特共和国"和"人民主权星系联合体"。最大的"人类统合体"有六千多亿人口，四大国合计约有一兆一千亿。这些国家虽然也有小的分歧，不过都采取了标榜民主主义的政体。

十二年前，四大国相聚"人类统合体"的诺瓦希奇利亚星系，决定放下延续至今的对立，共同缔结条约。他们结成军事联盟，虽然并未言明共同针对的对象，不过显而易见，自然是唯一一个没被邀请的国家——"亚维人类帝国"。

条约名叫《诺瓦希奇利亚条约》，加盟国的正式称呼是"诺瓦希奇利亚条约机构诸国"。不过他们更喜欢自称"民主主义诸国"，帝国则简明扼要地称其"四国联盟"。

结成军事同盟的目的，是希望让帝国感到威胁，从而转为绥靖主义。不过，帝国竟对《诺瓦希奇利亚条约》难以置信地表示欢迎。不管怎么说，帝国以外的星际国家主动亮出了敌对立场，宇宙的政治格局就变得相当清晰。

从那之后，帝国与条约机构诸国保持着平稳的对立关系，彼此看不起对方。不过，这一年来，平稳的对立关系开始发展为激烈的对立。

根据条约机构的主张,矛盾激化的原因是亚维帝国对海德星系的征服。

不过,蕾克修早已看透,其实这只是借口。

帝国征服海德星系是在七年前。事发当时,条约机构也照例走个过场,共同发布了不痛不痒的抗议声明,之后就始终保持沉默。

可是呢,从大约一年前开始,他们似乎才发现征服海德星系是天理难容的暴行。

这不是说海德伯国有什么新动作,真要说新动作,也是发生在条约机构内部。

"看来是这个了。"蕾克修低喃。

"什么?"雷利亚挑起一侧眉毛。

"没什么。"蕾克修苦笑道,"'四国联盟'似乎盼着发动战争啊。可不是吗?提出让海德伯国独立,而且要求在帝国领内划出走廊,好由他们来保护海德,全都是不切实际的要求。他们应该也心知肚明,帝国不可能同意。"

"意思是?"

"也就是说,他们已经准备妥当,现在只缺一个借口。"

"原来如此。看来他们准备了相当长时间。"

这一计划需要搜集飘荡在普通宇宙的"门",并打开查看。只有把"门"打开,才能确认平面宇宙一侧的"门"是否对应理想的位置。不知他们调查了多少,才找到通往亚维眼皮底下的"门"。然后,再经由普通宇宙,把符合条件的"门"运送到有人行星附近,换句话说,也就是正在使用的"门"附近。

要想进行搬运,必须先等"门"再次关闭。让"开启之门"保持低能量状态放置不动,就会自然恢复到"关闭之门"。不过,这一过程所需的半衰期长达十二年。

"如果这个计划没有花费十年时间,那我真要相信有奇迹了。或者说是噩梦。"

"可以肯定是从海德伯国诞生前就已经开始。"雷利亚表示赞同。

"没错,海德伯国只不过是最近恰巧出现的一个争论点。甚至可以推测,缔结诺瓦希奇利亚条约,就是为了这一计划。"

"可我不明白,"雷利亚摊手,"他们为什么要撒这种显而易见的谎?"

"他们要骗的不是别人,正是他们自己。"

"自己骗自己吗……我更糊涂了。"

"我对他们的心理也只是一知半解。或许他们是想找理由相信,自己是正义的一方吧。"

"真荣幸,这么说我们就是邪恶的化身了。"雷利亚勾起蓄着胡须的嘴角冷笑道。

"咦，雷利亚，你不知道吗？"蕾克修滑稽地挑起一侧眉毛，"据说我们是天生的侵略者、屠杀者呢。建议你去看看'人类统合体'的历史书，上面说一切灾难都是亚维一手造成的……"

蕾克修话音未落，进行探测任务的通信员报告道：

"敌军时空泡群发生变化！"

年轻的列翼翔士下意识地将来历不明的时空泡群判断为"敌军"，不过没有任何人打算更正。

蕾克修凝视着来历不明的时空泡群。

"其中一个时空泡分裂为十个，改变航线向我们驶来。从质量判断，恐怕是突击舰级别的单舰时空泡。"

时空泡的速度只取决于质量，在这一点上，无法通过技术提升性能。很简单，更轻的就更快。

通常的舰队都会编入战列舰或运输舰等重型舰，所以速度比巡察舰要慢。不过，由突击舰这种小型舰艇组成的舰队另当别论。很明显，时空泡群进行分裂的目的就在于捕捉"哥斯罗斯号"。

"我们的客人何时会进入机雷射程？"

通信员立刻给出数据："舰内时间二十一点十五分左右。"

还剩大约四个小时。

"副舰长，"舰长道，她语气坚决，跟先前截然不同，"进入第二级迎战状态。预定于舰内时间二十点三十分切换至第一级迎战状态。先任炮术员,分析战术。我们有多少胜算,必须先心里有数。"

蕾克修下达命令的同时,心里想到的是编外的伯爵公子和公主。

杰特正在寝室里死磕《主计修技馆生活诸规则》。听招募办公室的翔士说,所有学生在入学前都应当熟记于心。

——开玩笑!

杰特用戴尔库图最恶毒的话咒骂了一番。

在办公室接过记忆片时,他做梦都想不到里面装着如此庞杂的内容。

规则集的编辑肯定没想过要删掉已经落后于时代的那些条目,反而把繁多的补充规则巨细无遗地增添进来就算完事。可是呢,等看完好几十个页面的条条款款,才发现最后稍带了一句"已于帝国历xxx年x月x日废止"。

——我下个月初就必须入学了啊……

虽然要怪他自己在搭乘"哥斯罗斯号"之前都没先看一眼,可这也太过离谱。

杰特看到了"关于早餐的举止规范"的条目,他先翻到末尾,确认还没废止,然后才开始默背多达一百一十二条的规则。

已经知道的就快速扫一眼,跟他日常感觉有出入的项目再细读。

杰特刚静下心,警报就响了。他赶忙从电子手环的投影画面中抬起头。

——这是什么警报?

杰特跳到《诸规则》的目录,想看看有没有相关内容。

不过,不需要他费心,舰内广播立刻就响起了:

"通知。我是舰长,全员保持原状听我说。本舰前方七十八度,距离约一千五百四十天涅处,有来历不明的时空泡群正在航行。目的地应该与本舰相同,都是史法格诺夫侯国。"杰特正要努力记下听到的信息,舰长的声音却稍事停顿。"好消息是,各位小姐少爷,照现状,可以肯定我们会先一步抵达史法格诺夫。不过,看起来对方不太乐意,已经派出十个突击舰单舰级的时空泡向我们驶来。目前还不敢肯定他们从哪里来,不过应该是'人类统合体'的舰队。各位,看来战斗在所难免了!"

难道是训练?杰特摸不着头脑。

可他自己都不信,明显能感到事态无比紧迫。

"这不是训练。"蕾克修亲切的声音肯定了他的顾虑,"重复,这不是训练。如果对方穷追不舍,我们将于舰内时间二十一点十五分左右进入战斗。在此之前,预定于舰内时间二十点三十分进入第一级迎战状态,非当班成员先好好休息。最后重复一次,请你们的脑袋瓜记牢了,我可爱的伙伴们,这既不是训练也不是演习。来自舰长,完毕。"

杰特呆呆地凝视着天花板,想整理耳朵接收到的信息。

要开战?!

杰特难以置信,就他所知,亚维不会随便进入交战状态。更别说这里是亚维的世界,难道不是再安全不过的"步行街"吗?

杰特脑子里一团乱麻,瞪着纹章旗看来看去却没任何用处。

他又重新看向投影画面。

他不知道接下来该怎么做,唯一可以肯定的是,现在可不是悠闲学习的时候。

杰特关闭了电子手环。

该怎么办啊……

冲进舰桥也好,进行通话也罢,他不知道该不该寻求说明。就算告诉他来龙去脉,恐怕他也没任何用处。

"杰特,能打扰一下吗?"室外通话器传来拉斐尔的声音。

杰特就像饥肠辘辘的猫看到了鱼,恨不得立刻扑过去。"哪里是打扰,拉斐尔,快进来!"

门开了,拉斐尔只是站在门口,并不打算进来。

"到底出了什么事?"

"就像你刚才听到的,我知道的并不比你多。"拉斐尔说道,"看来你恰好能见证战争的开始。"

"这么走运。"杰特嘟囔道。他的人生啊,还真是一个接一个意料之外的幸运,毫不费劲就能摔个嘴啃泥。"但愿能在我即位之前结束。"

"希望渺茫。"拉斐尔歪着头,"我们并不喜欢半途收兵。看来这次的对手是'人类统合体',不知能否在我有生之年彻底结束……"

"拉斐尔,你啊,真的很擅长鼓舞人。"杰特叹了口气。

"说正事,我受命带你去舰桥,能立刻动身吗?"

"这就前去。"杰特站起来,戴上了伯爵公子的头环。

"不知道会不会为我准备观战的特等席。"

"你可以提要求。"拉斐尔冷冰冰地回答。

抵达舰桥后,杰特立刻感到气氛的异常。空气仿佛凝成了玻璃,气氛十分紧张。

"劳驾阁下移步,不甚惶恐。"蕾克修说道,"亚布里艾尔翔士修技生也留下待命。"

"是。"拉斐尔笔直地站到杰特斜后方,一动也不动。

"伯爵公子阁下,很遗憾,没法为您准备座位。"百翔长坐在舰长席上抬头望着杰特。

"请别在意,我站着就行。"

"通过刚才的舰内广播,相信您已经对情况有所了解。"

"是的,看来是要开战了。"

舰长颔首,"我方的胜率是0.37,这是假设敌军为最精锐战舰时的数字。不过即便他们是乘坐老旧战舰的一帮菜鸟,我们的胜率也不足百分之五十。"

"不是太好啊。"死亡的威胁正在迫近,没想到杰特却很平静。因为他还丝毫没有真实感,肯定是精神上的一种逃避吧。

"是啊。如果能逃脱是最好不过的,可惜情况并不允许。"舰长微笑道,"因此,只能烦请伯爵公子阁下离舰了。"

"原来如此。"杰特点点头,这确实是稳妥的提案。

宇宙战舰集合了最尖端的技术,负责操作的船员最低阶级也是四等从士,而且必须经过一年以上的专门培训才有资格。杰特没有任何技术,哪怕突然冒出某种高尚的责任感提出协助,也只是好心给人添麻烦。进入战斗时他能做出的最大贡献,也就是乖乖待在寝室里别给人惹乱而已。

不过,现在有个问题:巡察舰正在平面宇宙中航行,他该怎么下船,又该去哪里?

杰特知道舰长会做出安排,于是默默等她吩咐。

"舰上有联络艇。虽是小型艇,但也具备在平面宇宙航行的能力。请您乘坐它先行前往史法格诺夫。途中必须进行一次补给,但按理也能比时空泡群更先抵达。之后请换乘别的船只。史法格诺夫有通信舰队的基地,不必凭运气应该就能乘上船。"蕾克修瞥了一眼杰特身后,"亚布里艾尔翔士修技生会护送您前往史法格诺夫侯国。"

"这怎么行?舰长!"拉斐尔大声抗议,"我没有舰长徽章!"

"但你应该已修完了舰长课程,"百翔长指出,"只要完成这次航行,你就能自动获得徽章,仅仅是手续问题。修技生,你可以操舵。"

"可是,我要在舰上……"

"我不打算与翔士修技生争论,我才是这艘舰的舰长吧?"蕾克修毫不留情。

"我不同意。"拉斐尔也不让步,"容我重申一次,我是亚布里艾尔,临阵脱逃是亚布里艾尔的耻辱……"

舰长站起身,金色的眸子瞪着拉斐尔,"亚布里艾尔·尼·杜布雷斯克·帕琉纽子爵·拉斐尔,等你戴上双翼头环后再夸这种海口。什么叫临阵脱逃?这里根本没有你的作战岗位。你还仅仅是个半成品,在这里纯属多余。不过,我给了你任务,护送非战斗人员伯爵公子阁下离开战场,并向帝国预警疑似敌军舰队的进犯,责任重大。你逃避重任岂不才是临阵脱逃?无能到连临阵脱逃的意思都不明白,如果还不引以为耻,那么亚布里艾尔根本不值得亚维付出忠心。你要再敢多嘴,就将因抗命罪而被拘捕。有话就向以严正闻名的上皇会议申述去吧!"

杰特被夹在中间,手足无措。他突然就从主角之一被降到旁观者,只能静观其变。

拉斐尔脸色苍白,用力咬紧了下唇。即便如此,她也绝不低头,始终直视着舰长,这一点值得钦佩。

"是我考虑不周,舰长。"公主说道。

"知道就好。"蕾克修点点头,"立刻去做联络艇的出航准备,我跟伯爵公子阁下还有话说。"

"明白。"拉斐尔抬手敬礼,"这就前往联络艇准备出航。"

"准备好后报告一声就行,不必返回这里。"

"呃……明白。"

拉斐尔和蕾克修的视线有一瞬间的胶着。

"好了,动身吧。"蕾克修换上截然不同的温柔口吻,"到拉克法卡尔再会吧,我可爱的殿下。"

"嗯,务必。"拉斐尔欲言又止,再次敬了个礼转身而去。

舰长在确认拉斐尔出门后,重新看向杰特。"伯爵公子阁下,时间和空间都十分有限,请只准备最少限度的随身物品。"

"我也是这么打算的。"杰特点头,"相信剩下的会在帝都拿回来。"

"很抱歉，没能如约将您送至帝都。"

"在渥拉修也经常遇到交通工具出乱子的事。"

"很高兴您能这样想。还有一件事，伯爵公子阁下。"

"请讲。"

"除了随身物品，还有东西希望您也带上。"

"什么？"

蕾克修面朝舰长席后的墙壁说道："打开武器库，百翔长蕾克修·卫弗·罗贝尔·普拉奇亚。"

墙壁开启，里面排放着相当数量的私人武器。

很早以前，星界军的翔士就舍弃了佩带武器进战舰的习惯，只在饰带上留有遗痕。不过，考虑到在敌对环境下的活动，或者舰员的叛乱——为了星界军的名誉补充一句，近两百年来都没发生过这种事——舰内保管有私人使用的武器。

蕾克修挑选了两把凝集光枪，连同枪带和光源弹匣一并交给杰特。

"一把阁下留着自用，另一把请交给亚布里艾尔翔士修技生。她知道如何使用。"

"有必要带上这种东西吗？"杰特虽觉奇怪，还是接过了枪。

"以防万一。"舰长看向地面的平面宇宙图，"我推测那是敌军入侵舰队的先头部队，否则没必要分散兵力来拖住本舰。可我心中总有挥之不去的疑虑，就怕他们受杀戮的本能驱使。"

"就是说……等我们抵达史法格诺夫时,说不定那里已经沦陷了?"

"但愿是我杞人忧天。"百翔长略一颔首。

"请问,舰长,"杰特似乎察觉了蕾克修的真实用意,"其实您的主要目的是让公主殿下逃走吧?应该有远比我更合适当护卫的人选……"

盛着黄金的双眸直射而来,杰特闭起嘴。

不过,舰长的口吻依然十分恭敬:"请别误会。搭乘有非战斗人员时,尽量使其回避战争。如果实在无法避免,则要谋求其安全。这是星界军所有指挥官肩负的义务。而且,亚布里艾尔翔士修技生没有战斗岗位也是事实。即便亚布里艾尔翔士修技生是无名士族出身,我也会派她执行指挥联络艇的任务。"

"抱歉,是我多嘴了……"杰特低下了头,他不像拉斐尔那么坚强。

"不过,"蕾克修的眼神柔和起来,"说实话,我的确庆幸公主殿下恰好是翔士修技生。"

"舰长也很用心了。"

"可不是,"蕾克修勾起嘴角,"虽然军队里不讲身份,不过拉斐尔殿下是有望成为皇帝的人物。说不定,她会成为超乎想象的明君。我有一个野心,希望到那时公众们能认为,这都是多亏了修技生时代受到的良好教育。所以怎么能让她还未绽放就先凋零呢?"

"确实。"

"好了,是动身的时候了,请去寝室收拾行李。很遗憾无法派人为您领路,不过您应该知道怎么前往起降甲板吧?"

"我能搞定。"杰特回答,"对了,您为我准备的家族纹章旗,暂时留在舰上,期待有一天能当作乘舰纪念拿回来。"

金色的虹膜荡漾起兴趣盎然的色彩,"阁下,您的关怀非常具有贵族风范。"

"真的吗?太好了!"杰特道过谢,权当是受了表扬,"那么舰长,我先告辞了。"

"伯爵公子阁下,公主就托付给你了。"

"我并不认为事态会绝望到需要把殿下托付给我,"杰特深鞠一躬,"不过真到那一天,我将尽绵薄之力。"

7
"哥斯罗斯号"之战

"联络艇,进行时空分离。"

探测通信专员大声报告,蕾克修百翔长默默点头。

全体人员已经在舰桥各就各位,气氛依然紧张。星界军最后一次展示无敌的战力——除去征服海德星系这种不值一提的军事行动——是在四十七年前的卡敏特尔战役。现任皇帝拉玛珠以皇太女兼帝国舰队司令长官的身份参加此次战役,对长寿的亚维来说,也已是陈年往事。

不用说,"哥斯罗斯号"巡察舰上没人有实战经验,自然免不了紧张。

成员中还属雷利亚副舰长最先冷静下来。

"少男少女走了啊。"雷利亚坐在副舰长席,向斜前方的舰长席搭话。

"只希望别出任何意外。"蕾克修托腮凝视着逐渐远去的蓝色光点。

"但愿如此。"雷利亚微笑道,"那二位都有着不同寻常的身世,将来说不定会成为有意思的人物。甚至现在就已经很有意思了。"

"是啊。"蕾克修颔首。

一位是公主,生在被视为亚维源流的王家,年仅十三岁就进入修技馆就读,属于典型的亚维。

另一位伯爵公子,却是帝国贵族中的异类,保留了浓厚的地上人习性。

两人对比鲜明。

"但愿他们能为彼此带来正面影响。"雷利亚继续说道。

"咦,雷利亚,"蕾克修惊讶地回头看向副舰长,"你这种想法颇有教育教官风范,想申请调职到修技馆吗?"

"别开玩笑,"雷利亚摆摆手,"我才不是教书育人的料。还是在前线最舒服,尤其是开战之后。"

"你别客气,我不会笑话你胆小。"

"等我提出申请调职到后方时,随便你笑。不过眼下我还没这打算。"

"是吗?真可惜。"

"我这个副舰长就这么不称职吗?"雷利亚苦笑。

"期待你的工作考核。"蕾克修莞尔,回过头看向前方,"雷利亚教官,你对伯爵公子阁下有何看法?"

"是位不错的年轻人。但凡做什么事,总会无声地询问是否符合亚维的标准。我非常喜欢他那种眼神。"

"我也很喜欢,"蕾克修若有所思地笑了,"偶尔还会直截了当地发问。我从没像这五天这样思考过自己种族的特性。"

"你对国民还算客气,对阁下可是毫不留情。"

"我自认是留了情的。"

"接触阁下对殿下而言也是个良机。"

"是啊,说不定我最大的功绩就是把他俩凑到一起。不过,前提是他们能够平安回到帝都。"

"看来您相当担心啊。"雷利亚的话音中带着笑意。

"不能担心吗?"蕾克修挑衅地看向副舰长。

"硬要说来,真正切实面临危机的应该是我们,所以您才将他们送走吧。批评长官让我于心不安,可是目前的状况并不允许我们去担心别人。"

"评判长官竟然会让你于心不安,这可是个意外的发现。"舰长盯着逐渐接近的黄色光点群,"不过你说得对,现在我该做的是对部下负责。"

十九点三十七分——

"舰长,"先任通信员尤恩赛琉亚前卫翔士报告,"不明时空泡群已进入可通信范围。"

"报上我们的舰名,询问对方身份。"蕾克修下令。

"收到。"

"哥斯罗斯号"巡察舰发出泡间通信。

"这里是'哥斯罗斯号'巡察舰,请足下提供船名及所属组织。"

经过焦急的等待,他们收到了回音。

"这是……"先任通信员用空识知觉器官读取着时空泡内表面上浮现的纹路,"这不是通信,是挑战信号!"

"没错了。"蕾克修低喃。她原本抱着一丝期望,或许是我方舰队出于某种理由在进行调派,现在已彻底破碎。

不过,她反而轻松起来。

"挑战信号一直在响，需要回复吗？"

"不用，随他去。想跟我们玩儿，就先追上来吧。"

嗜血的信号嘶吼着响个不停，十个时空泡随之迫近。

一直显示为黄色的时空泡已经变为表示敌军的红色光点。

二十点三十分——

"舰长，时间到了。"雷利亚轻声提醒。

"知道了。"蕾克修向所有岗位的全体舰员发送广播，"通知。我是舰长，不明时空泡群明确显示出敌意，即刻进入第一级迎战状态。戴上加压头盔，全员各就各位！"

同时，舰内响起警报。

舰长席前升起战斗指挥桌，画面上显示着平面宇宙图，不过范围指定为近距离，敌舰还没有进入。

蕾克修把接续缆连上战斗指挥桌。

舰桥里没人遵照舰长命令戴上加压头盔。因为舰桥下方就是时空泡生成装置，由同一个球形墙壁严密防护着。如果这里的气密性被破坏，就意味着战舰的死亡。简言之，在舰桥戴不戴加压头盔都一样，所以就默认不戴。

"全员完成战斗部署。"雷利亚监视着显示舰内部署情况的装置发出报告。

"准备机雷战。"舰长立刻下令，"第七号到第十号机雷填充反物质燃料。"

机动时空爆雷,简称机雷,不载人但具备时空泡生成装置,也就是小型的平面宇宙航行船。机雷的体积重量都很可观,因此即便是巨大的巡察舰,也无法大量装备。"哥斯罗斯号"最多能搭载十台,而第一台至第六台已经用于演习。

机雷的爆发力和推进力来自湮灭,假如内置反物质燃料,平时保存起来非常危险,所以只在使用时才由母舰的燃料槽注入燃料。

监督基姆琉亚军匠十翔长向反物质燃料槽甲板发出输送燃料的指令。

反质子[1]通过磁力管,流入机雷甲板。在机雷甲板上,反物质燃料又被分配给四台机雷的磁力密封容器。

"反物质燃料填充完毕。"先任炮术员沙琉修前卫翔士向舰长转达了机雷甲板的报告。

"发射机雷,在时空泡内待机。"

四台机雷被投掷出去,停留在"哥斯罗斯号"的时空里,开始缓缓自转。

二十一点十三分——

"敌军时空泡,进入机雷射程。"探测通信专员报告。

沙琉修抬头看向舰长等待指示,而蕾克修没有说话,只

---

1. 反质子,粒子类型为复合粒子,是质子的反粒子,其质量及自旋与质子相同,且寿命也与质子相当,但电荷及磁矩则与质子相反,带有与电子相同的负电荷。与质子相遇时会湮灭,转化为能量。

是摇了摇头。

十个时空泡一路迫近，对"哥斯罗斯号"形成包围之势。

"照搬操典的袭击队形啊。"蕾克修评价道，"机雷，生成时空泡。"

"机雷，生成时空泡。"机雷炮术专员复述，迅速完成操作后抬起头，"确认生成时空泡！"

战斗指挥桌上已经显示出敌军时空泡群，以红色数字标记着编号。

"机雷瞄准，7-3、8-1、9-6、10-7。"蕾克修下令。如果追求完美，一个时空泡需要对应两发机雷，然而现状并不允许。

"设定数值，"机雷炮术专员的声音让舰桥充满紧迫感，"瞄准完毕。"

蕾克修将头环切换为外部传输模式，战舰感知类装置的输出传入她的航法野。

舰桥的认知从蕾克修的空识知觉中消失，她正位于球状空间的中心。时空泡的内表面和时空粒子相冲击，泛着灰色，周围是开战前的寂静。

"准备进入普通空间战，主引擎点火。"

"收到。主引擎，点火。"基姆琉亚复述道。

反物质与物质相互冲突，战舰传来让人安心的振动。不过，恐怕这种振动也会让不少舰员害怕。

"先任炮术员，准备电磁投射炮。"

"收到。准备发射电磁投射炮。"沙琉修前卫翔士已经戴上控制手套，时空泡内由他负责操舵。前卫翔士用空出的右手解除电磁投射炮的安全装置，填装进第一枚炮弹。"电磁投射炮，完成发射准备。"

红色光点完全包围了"哥斯罗斯号"巡察舰的蓝色光点，画着弧线逐渐收紧，向猎物逼近。

真的跟操典一模一样。

蕾克修不禁赞叹，可见敌人相当训练有素。

平面宇宙内难以相互保持联络，需要极高水平才能精准保持阵型。

不过，舰长确信，要比训练有素，他们绝不会输。的确，"哥斯罗斯号"三个月前才开始服役，舰员的配合难说天衣无缝。不过，单论个人能力，舰上全是精英，足以胜任各自的工作。

二十一点三十二分——

蕾克修站起来，抽出饰带上的指挥杖，舰长席收入地板。

她用战斗指挥桌的通话器对全体舰员说道："我可爱的伙伴们，是时候了，想必你们也已经迫不及待。开始战斗！"

蕾克修挺起胸膛，警报同时震颤着舰内的空气。

舰长用指挥杖指向机雷炮术专员,"所有机雷,进行分离。"

"机雷进行分离。"炮术员道,"第七号,时空分离。第八号,时空分离。第九号……"

机雷相继离开蕾克修舰长空识知觉的范围。

四个蓝点从代表"哥斯罗斯号"的蓝点分离,按照各自的轨迹袭向红点。

"第八号,时空融合……敌军一号时空炮,消灭!"

探测通信专员的报告让舰桥沸腾起来。

蕾克修并不知道,第一号时空泡里包裹的敌舰是"人类统合体"维持和平军的驱逐宇宙舰"KEO3799"。包括舰长卡尔策恩少佐在内的二十三名舰员,成为这场漫长战争最初的死者,被后世铭记。

第七号和第十号机雷也各自命中敌军时空泡,时空泡破碎为时空粒子,冲击平面宇宙。

然而,第九号失误了,敌军的第六号时空泡毫发无伤地继续迫近。

"向右四十度转舵!冲撞四号敌军!"舰长用指挥杖示意控制时空泡运动的操泡导航专员。

看来敌军是想同时从多个方向完成时空融合,一起围攻巡察舰。就战略而言忠于基础,非常踏实,不过,"哥斯罗斯号"并没有义务奉陪。

"收到。"导航员回答。

静态蓝点周围的平行宇宙图迅速滑动,编号为"4"的红点直冲而来。

"距离一百歇斯凯德雷尔[1]、五十歇斯凯德雷尔……"

"即将时空融合,位置在……"

舰长的空识知觉已经有所感知,时空泡内表面的一处,正在大量的时空粒子作用下起泡。

"舰首朝向融合面。"蕾克修手持指挥杖指着冒出不祥泡体的内表面说道。舰桥上的装置接收到指挥杖指示的方向,经思考结晶处理后,输入到沙琉修的空识知觉器官。现在,先任炮术员和舰长一样,正通过空识知觉的外部输入感受舰外空间。叠加指挥杖的动作,让前卫翔士接收到具体位置。"视融合情况,自行判断射击时机。"

"明白。"沙琉修的声音里透着兴奋。

"准备承受电磁投射炮齐射!"副舰长向全体舰员提出警告。

舰首正对着起泡的内表面。

"时空融合!"

根本用不着报告。

---

1. 歇斯凯德雷尔,作者自创的亚维世界计量方式,歇斯=10^{-4},凯德雷尔即天涅的亚维语发音。

静谧的球状空间开出巨大的隧道，对面是另一个宇宙，中心是敌军的宇宙战舰，正抱着毁灭的决心与"哥斯罗斯号"对峙。

在蕾克修意识到隧道的同时，电磁投射炮已经发射。

电磁投射炮是巡察舰的主战武器，"哥斯罗斯号"在前方装有四门，后方两门。现在，加速至0.01光速的核聚变弹同时从前方四门射出。

接着又是一波齐射。

重力调节装置也无法抵消大质量的反作用，没有固定好身体的舰员都往前一摔。

蕾克修撑着战斗指挥桌，等摇晃过去。

总共八发无序喷射的核聚变弹躲闪着敌舰的防御弹幕，一路猛冲。

核聚变弹完成最后的姿态控制，用尽全部助推剂向后喷射进行最终加速，从四面八方向目标冲去。

敌军宇宙战舰也以反质子炮回击。不过，从正面袭来的反质子流几乎都被"哥斯罗斯号"张开的磁场弹开，徒劳地扩散进虚空。

敌舰瞬间爆炸。

可是"哥斯罗斯号"来不及享受胜利的喜悦。

"即将时空融合，敌军第二号、第五号、第六号……"

时空泡的内表面已经出现六处时空融合的迹象。

"转舵！"蕾克修判断敌军第二时空泡最快融合，指挥杖立刻指向融合面。

舰首正对融合面，就在宇宙张开"血盆大口"的前一刹那，同时开炮。

用不着确认结果，立刻转向下一个目标。

就在巡察舰的正后方附近，正在发生融合。

"舰尾！"蕾克修的指挥杖从肩上指向后方。

"哥斯罗斯号"活动身体似的调整姿势，舰尾的两门电磁投射炮两波齐射。

敌军第六号时空泡其实已经融合，却逃也似的立刻分离。

就在这一刹那，第一波齐射冲进时空。虽然剩下两发白白在巡察舰的泡内自爆，不过敌军时空泡刚分离就烟消云散。

敌军第五号时空泡在战舰侧面完成了融合。

无论舰首还是舰尾都来不及了。

"可动炮群应战！"指挥杖向一旁横扫。

"哥斯罗斯号"巡察舰搭载有可动式凝集光炮及反质子炮，由舰桥集中控制。炮手们调动大小炮群，凝集光和反质子的湍流轰向敌舰。

然而，凝集光和反质子流并不具备电磁投射炮弹那样的自动追踪结构，命中率相当低，而且不可否认的是，威力也更为逊色。

敌舰分离出四枚反物质弹道弹,同时发射反质子炮。

弹道弹并不是威胁,因为没有预备加速,弹道弹速度不快,就巡察舰的防御弹幕而言,是送上门的猎物。

不过,敌军宇宙战舰舰首搭载的反质子炮火力强劲,比巡察舰的可动式更胜一筹。如果正中要害,甚至可以瞬间击沉巨舰。

敌军宇宙战舰发射的反质子流结为一束,直逼"哥斯罗斯号"。

即便被防御磁场降低了速度,反质子流还是击穿了"哥斯罗斯号"的结晶陶质外壳。外壳瞬间被穿透,间隔墙内部的蓄水随之沸腾。反质子流进一步抵达重金属内壳,造成严重破坏。同时,沸水冲走了部分外壳和姿态控制喷射口。

不必等监督进行操作,"哥斯罗斯号"的思考结晶已经得知受损情况,立刻切换为不经由喷射口的姿态控制模式,然而机动性会大打折扣。

时空泡被复数的融合点蹂躏,扭曲变形,战事在翻涌的宇宙中继续着。

二十三点零五分——

临时编号为十的敌舰变为增长的等离子块。

还剩两艘。

巡察舰也伤势不轻,近半数可动炮群哑火,大量姿态控制喷射口也已受损。

"第三号凝集光炮，严重损坏！"

"前部三号喷射口，无法使用。"

"主引擎的功率……"

舰内各个部门接连传来坏消息。

基姆琉亚组成应急修理班，忙着向能够修复的损坏部位派遣人员。

"九〇七号区域减压中，无人员滞留，实施封闭。"管理舰内环境的迪修书记也额头冒汗。

截至目前，封锁区域已经超过四十处。伤亡及失踪人员在五十人以上，这对准载二百二十人的军舰而言是相当大的损失。

蕾克修闭上眼，集中于空识知觉器官。

空间布满尘埃，飘浮着大量碎片，说不定还混杂着人体。可即便如此，也无法施救，派出舰载艇只会成为靶子。而且，在疯狂的放射能风暴中，单薄的军服根本起不到保护作用。

两艘敌舰如同蝴蝶轻盈飞舞，吐着凶恶的气息。

电磁投射炮试图瞄准，然而巡察舰的动作慢得令人悲叹，轻易就被敌舰躲过。

不用说，可动炮群毫不间断地沐浴着炮火。

凝集光打碎敌舰外壳，碎片随之升华。生成的气体中再加进军舰驱动焰的电离氢，时空泡内的粒子浓度逐渐上升。

浮游的质子和反质子相撞,变为电磁波。封闭的小宇宙里一片灼热,仿佛刚经历了大爆炸。

然而,这个宇宙里并没有孕育生命的迹象,有的只是死亡。强烈的仇恨相互碰撞,诞下死亡。

其中一艘敌舰在可动炮群火线的掩护下,尝试突破后部电磁投射炮的射击范围。

"舰尾!"蕾克修提醒先任炮术员。

三波齐射就像在泄愤。

巡察舰庞大的身躯被巨大的后坐力掀起。

舰船后方出现一个爆炸的球体。

还剩一艘!

毫无疑问,这也是所有舰员的想法。

最后一艘敌舰从侧面发射了反质子炮。

这一击,成了致命伤。

"防御磁场,消失……"基姆琉亚乱了气息。

舰桥弥漫着绝望。

"别放弃,我可爱的伙伴们!"蕾克修大吼道,"把它逐出我们的宇宙。转舵!"

"哥斯罗斯号"开始缓缓掉转舰首方向,迟钝的动作就像在抱怨她明明已经筋疲力尽,却还不能喘口气。

"可动炮群,火力集中敌舰右侧,把它固定到舰首方向。"

然而，敌军宇宙战舰同时也在迅猛前进，反质子炮始终火力全开。

和之前不同，巡察舰失去了防御磁场，汹涌的反质子如洪水般袭来。

可动炮虽然削落了敌军宇宙战舰的外壳，却无力回天。

最终，一条反质子流穿透"哥斯罗斯号"外壳，轻易贯通内壳，射进了反物质燃料槽。电磁笼被破坏，逃走的反质子袭向构成巡察舰的物质。

二十三点二十七分——

"哥斯罗斯号"巡察舰，爆炸。

少男少女并不知晓巡察舰的死讯，虽然质量波可以抵达无限远，可联络艇上寒酸的设备接收能力十分有限，而"门"又构成了屏障。

或许这对二人来说是件好事。毕竟，即便现在尚存希望，但联络艇操舵室里的氛围已经足够压抑。

杰特在副操舵席上如坐针毡。

在平面宇宙里航行的联络艇不同于短艇，不能只靠控制手套操纵，所以座位前面设有操舵装置，这倒符合杰特对宇宙飞船的印象。

话虽如此，这片领域连"门"都很难遇到，并不需要频繁操舵。

操舵席上的拉斐尔沉默不语,只是瞪着平面宇宙图的显示画面。

杰特瞥了眼邻座,暗自叹气。

时空泡是独立的宇宙,包含在内的只有微量浮游粒子,以及这艘联络艇。联络艇的操舵室后方是气闸室,然后是洗手间和休息室。在这个宇宙里,可供人类使用的生活空间仅此而已。

——只有我们两人活在这个宇宙里……

然而,这个宇宙里仅存的两个智慧生命,一个正沉浸于深不见底的忧郁中;另外一个虽然也谈不上愉快,但至少有心活跃一下宇宙里的气氛。

"对了,拉斐尔。"杰特找起话题。

拉斐尔抬起头,从表情看不出她在想什么。

"你是帕琉纽[1]子爵吧?"

"嗯,没错。"

"我想听你说说你的领地。帕琉纽子爵的领地长什么样?既然被称为蔷薇之国,肯定遍地都是蔷薇花吧?"

"并不。"拉斐尔看起来没什么兴致,但还是搭理了杰特,"别说蔷薇,连地衣类也没有,那里的任何一颗行星上甚至都找不到微生物。"

---

1. 帕琉纽,亚维语中,帕琉纽意为"蔷薇"。

"那怎么叫蔷薇之国?"

"因为负责勘探的男子是个爱花之人,就到处随便用花来命名。例如百合之国、山茶花国,都是徒有虚名。"

"这样啊,那到底是什么样?"

"没有什么值得一说的东西,领地里有一颗黄色恒星,周围是七颗行星。其中第二行星如果加以开发,说不定可以住人。所以,等我从皇族的义务解脱之后,打算去那上面看看。我想满星球种上蔷薇,让她成为名副其实的蔷薇之国。"

"听起来很美。"

"对吧。"

操舵室重新被沉默笼罩。

杰特又开始冥思苦想怎么才能打破苦闷的寂静。

没想到,拉斐尔主动打破了沉默:

"杰特。"

"怎么了?"

"谢谢你。"

"为什么谢我?"

"你是在担心我吧?很高兴你这么有心,虽然远远称不上高明。"

"不好意思,我就是嘴笨。"杰特有些别扭,同时也放下心来。

"别生气,"拉斐尔的嘴角露出了笑意,"我是在向你表达感谢。"

"我才没生气。"

"我……"拉斐尔凝视着画面,"很懊恼。关键时刻一点儿也帮不上忙……"

"怎么能说这种话?"杰特嘟囔道。

"咦?"公主投来惊讶的视线。

"你不是帮了我的忙吗?现在我可全靠你呢。还是说,我这条命没法满足你高尚的责任感?"

"确实,是我说错话了。"

"那艘战舰肯定不会有事。"杰特毫无根据地保证。

"或许是吧……"

"肯定是的。"杰特低喃,就像在给自己打气。

"对了,杰特。"

"嗯?"

"你还记得我说过的身世的秘密吗?"

"啊,当然记得。"杰特不明白她为何重提这个话题。

"我只告诉你,你要保密……"

"好啊,我最喜欢听悄悄话了。"杰特尽量换上快活的语气,只希望能让公主换个心情。

"是舰长为我提供了遗传基因。"

"啊?"杰特还以为听错了,"岂不是说……蕾克修百翔长是你妈妈?"

"不是母亲，是提供遗传基因的人。"

"你就别挑刺了，我现在还是地上人的思维模式。"杰特辩解道，"不过……完全看不出来。"

不对，杰特转念一想，其实有蛛丝马迹。临别时，舰长对拉斐尔的称呼是"我可爱的殿下"，感觉有某种超越长官和部下的特殊感情在里面。

"你把星界军当什么了？即便是故交，在那里也一视同仁，私下里倒是无所谓。"

"哎呀呀，实在想不通。"杰特摊起双手，"不过，真是没想到啊……"

"我很自豪。普拉奇亚卿……也就是舰长，我从小就认识她，打心底里尊敬她。我希望自己有一半源自她，这让我引以为豪。要知道，我是爱之女，而舰长是父亲的爱人。所以我会这样猜测，也希望这是事实……"

"既然从小就认识，那你直接问不就好了。"杰特实在无法理解亚维这种血统和家族彻底分离的习俗。

"之前不是说过吗？我还算不上成年人，必须获得父亲同意……"

"你误会了，我的意思是你直接去问舰长不就好了？"

拉斐尔瞪大双眼凝视着杰特。

杰特被盯得心里发毛，"我说了什么奇怪的话吗？"

"嗯，"公主用力点头，"可以说是无法理喻。"

"这么夸张？可是，哪里有问题？直接去问舰长就这么奇怪？"

"人要有礼节。"

"呃……也就是说，向提供遗传基因的当事人求证是不礼貌的行为？"

"这是无比丢人的，杰特。"

"这样啊。"杰特抄起手思考起来，他想不明白，"为什么丢人？"

"丢人还需要理由吗？因为这是丢人的事，所以会感到丢人。"

这样说来，也有一定道理……

杰特强行说服自己。他从地上人的感受出发，要问出"你是我的妈妈吗"确实也需要一些勇气。

"而且，就算去问，也问不出结果。只有家长才能告诉孩子遗传基因的来历。"

"这也是礼节？"

"没错，是礼节。"

"想不通。"

"在我看来没什么想不通的。"

"真想找个机会带你去我故乡生活几年，到时候你就知道'想不通'这个词是什么意思了。"

"是吗？等我结束皇族的义务之后，可以跟你去。"拉斐尔有些雀跃地说道。

"嗯，务必赏光。"杰特嘴上这样回答，内心却充满苦涩。

——你忘了啊。到那时，你仅仅是外表成长了十岁，依然风华正茂；而我却已经老态龙钟，命不久矣……

"不过，你说舰长是你爸爸的……克琉布王殿下的爱人？问这种问题或者回答这种问题难道就不违反礼节吗？"

"当然不。"

"你确不确定啊？"

"确定。这也想不通？"

"抓破脑袋也想不通。"杰特语气肯定，"你从哪儿打听到的？我是说，是谁告诉你蕾克修百翔长是克琉布王殿下的恋人的？"

"不用打听也知道，舰长经常来王宫。"

"想不通啊。"

"杰特，这话我都听腻了。"拉斐尔皱起眉，"总感觉有些不快。"

"别往心里去。"杰特耸耸肩。

拉斐尔欲言又止地看着杰特，最后视线还是挪回到显示画面，"我喜欢普拉奇亚卿并非因为遗传基因。她在王宫里当然也非常可敬，不过在舰上还要更胜一筹。别的翔士和从士也是，虽然也有我不太喜欢的……但愿，大家都平安无事……"拉斐尔垂下头,仿佛在为他们祈祷。

"是啊。"杰特回忆着每一个在巡察舰里说过话的人。虽然只有短短五天,可他遇到的都是好人,极大颠覆了他对亚维残暴侵略者的先入之见。最起码,他找不到任何理由期望他们丧命。

拉斐尔保持姿势,好一阵都一动不动。

好不容易驱散的苦闷氛围去而复返,让人仿佛沉在深深海底。

这次杰特也说不出话,只能呆呆望着操舵装置。

"杰特,"终于,拉斐尔抬起头,"能跟我讲讲你的故乡吗?"

"啊,当然,没问题。"杰特松了口气,"从哪儿说起呢,跟你的领地不一样,我的故乡有说不完的东西……"

杰特这才意识到自己在下意识地摆弄胸前的仿制宝石,于是就从上面雕刻的生物——雷滋旺悲惨到家的饮食习惯开始切入话题。

之后的两天时间里,除去轮换着休息的时间,杰特都在凭着模糊的记忆外加胡编滥造来讲解马尔提纽行星上的各种生物。让他没想到的是,好几次拉斐尔都被逗得发笑。

杰特和拉斐尔在联络艇里度过两天后,抵达了费布达修男爵领地。

8

费布达修男爵领地

费布达修男爵领地包括一颗蓝色恒星和两颗气体行星，以及无数的岩屑。

哪怕动用帝国最顶尖的行星改造技术，在这里也改造不出宜居行星。岩屑也算不上贵重资源，不值得专门动用平面宇宙航行术来搬运。

这个星系比帕琉纽子爵领地更加荒芜。

不过，这片领地切实为男爵家提供着收入。只要有恒星，就总会有生意可做。

这里的生意是制造随时都有稳定需求的商品——反物质燃料。

理论认为，不可能把物质反过来制成反物质。如果需要反物质，就不得不依赖一种古典的方法，这还要追溯到技术文明的黎明期。

首先是用太阳电池接收恒星的辐射，再将能量注入直线加速器，用于加速基本粒子。高速的基本粒子相互冲撞，碰撞能量凝结产生成对的物质和反物质。

这里的男爵领地也和其他资源匮乏的星系相同，开着无数反物质燃料工厂。

费布达修恒星的低轨道上围满圆盘，那些就是反物质燃料工厂。圆盘朝向恒星那面铺设着太阳电池，背面呈放射状分布着十六根直线加速器。

太阳电池吸收恒星释放的光和热，送进直线加速器，最后在圆盘中心部位生成质子和反质子。

其中，只有反质子会被回收，质子一旦生成就直接舍弃。与其另外设置机关来捕捉质子，还不如直接从气体行星搬运更划算。

回收到的反质子，会储存进与反物质燃料工厂相连的容器里。蓄满的容器成为独立的小行星，被放置到比工厂群更外侧的轨道上，这样可以避免发生事故时殃及工厂。

燃料槽小行星群的更外侧轨道上，是费布达修男爵公馆，费布达修门就依傍在男爵公馆旁。

此刻，一艘联络艇从"门"里驶入了普通宇宙。

"拉斐尔，显示一下外面的影像吧。"杰特央求道。

"嗯。"戴着操作手套的手以复杂的形状捏紧，操舵室的墙面遍布群星。

"我都不知道星星能这么让人安心。"杰特发自内心地感叹。比起时空泡内表面阴冷的灰色，璀璨的群星让人倍感亲切。

现在杰特有些理解亚维为什么自称"群星的眷属"，把宇宙视为故乡了。

"杰特，前面路还很长。"拉斐尔态度冷酷，"做完补给要立刻回到平面宇宙。"

"可以趁补给这段时间休息一下吗？"杰特问道。

"你什么事都没做,还需要休息吗?"

"感谢你的好心提醒。"杰特挖苦道,"不过,你睡觉期间我也有盯着设备啊。"

"就算出问题,你能做的只是叫醒我。"

"我没叫醒过你啊,又没出问题。"

"那是我和思考结晶的功劳。"

"你说得对。"杰特不争了。

他确实什么都没做,或者说无事可做。联络艇一路都是自动航行,他也没看到拉斐尔有任何操舵的动作。

相比来说,杰特在心里嘀咕起来,自己一路都在找话说,付出的劳动其实多多了。

拉斐尔呼叫起管制:"这里是'哥斯罗斯号'巡察舰搭载的联络艇,费布达修男爵领地管制,请求答复。"

显示画面上的星系图换成了地上世界出生的女性。

"这里是费布达修男爵领地管制。"

"这里是'哥斯罗斯号'巡察舰搭载的联络艇,请求燃料补给。"

"巡察舰搭载的联络艇?"管制员有些困惑。

或许很少有舰载艇单独要求补充燃料吧。

不过管制员还是点了头,"收到,'哥斯罗斯号'舰载联络艇。欢迎来访,请选择补给方式。"

"这艘是轻型艇,希望在码头进行补给。"

"收到，请发送希望补给的燃料量。"

"收到。"拉斐尔完成操作后才告诉杰特，"在码头补给就可以休息，还能沐浴。"

"这可太棒了！"杰特道，"确实应该洗个澡，估计现在的你是整个银河系里气味最大的公主了。"

"怎么，杰特？"拉斐尔水灵灵的大眼睛眯缝起来，"你是在表达对死亡的向往吗？那我乐意效劳。"

"开玩笑的，拉斐尔。"杰特被公主黑眼珠里蕴含的凶光吓住了，"你没多少气味，我发誓。"

"没多少？"拉斐尔的眼睛眯得更细了。

"不，是完全没气味。"杰特立刻更正，当然，这才最接近事实，"是谁这么没礼貌，胆敢毫无根据地暗示你微微有一点点气味？！"

"杰特，你发现没有？你的玩笑有时真的让人火大。"

"就算发现了，我也记不住，这才是问题的关键。"

拉斐尔把袖口凑到鼻尖嗅了嗅，随即皱起眉头，"好吧，你的意见也并非毫无道理。"

谨慎起见，杰特没接话。

"可是，你自己也谈不上整洁吧。"

"那是。"杰特承认，"不过，放眼整个帝国，比我更脏的伯爵公子还是能找出两三个，毕竟总数要比公主多得多。"

拉斐尔张开嘴正要说话，画面上却传来管制员的呼叫：

"'哥斯罗斯号'舰载联络艇,没问题,同意进行码头补给。请立刻向码头移……"

管制员突然没了下文,她戒备地打量起来,忽然又睁大眼,低喃道:"公主殿下……"

管制员立刻深鞠一躬,看来操舵员的身份让她大为惊愕。

原来如此,杰特心想,连这种偏僻的边境也知道拉斐尔,看来我是真够无知了。

"能为我们导航到码头吗?"拉斐尔催促道。

"当然,立刻为您导航,请稍等。"

管制员紧张地输好信息,引导联络艇接近男爵公馆。

"费布达修男爵领地管制,有件事必须告知你……"在驶向男爵公馆的这段时间,拉斐尔扼要说明了疑似敌军舰队入侵帝国领地的情况。

"这……"管制员哑口无言,花了好些时间才缓过劲来,"这、这种事必须禀报我们的主君……"

"当然,去上报吧。"

以费布达修恒星的青蓝色光芒为背景,男爵公馆的细节逐渐清晰起来。

古老的轨道官邸以车轮型居多,为的是利用旋转产生的虚拟重力。不过,这种建筑形式无法避免层数带来的重力差和旋转力。于是,最近——其实也是这三百年左右——重力调节设备也成了官邸的主流设施。虽然附属设备和维护费用不小，但可以实现更加舒适的居住环境。

这座男爵公馆也是采取了重力调节设备的形式，主体是不规则的六角形，延伸出长臂，支撑住一个立方体的构造物。

这个立方体就是宇宙港。因为宇宙港贮藏有交通艇所需的反物质燃料，所以设置在远离官邸主体的位置。

码头有巨大的运氢船正在用船头靠岸，此外还停泊有几艘小型的星系内宇宙艇，就像小小的飞虫。

包围着官邸的人工重力开始起效，原本正对舰首的球形操舵室骨碌一转，头顶朝向了官邸。

在杰特脚下，写着"十七"的红字越来越近，看来联络艇分配到了第十七号码头。

靠岸——

外部的影像消失，艇内恢复到乳白色的墙面。

画面上滚过绿色的文字，显示连络筒[1]已经对接上艚口[2]。

"走吧，杰特。"拉斐尔除去装备站起身。

"嗯。"杰特也离开座位，"我们会在这儿待多久？"

"大约三十分钟。"

---

1. 连络筒，连接艚口和加压区的通道。
2. 艚口，联络艇等船只的开关门。

"这么短？"杰特皱起眉。这点儿时间最多清洗一下身体，不过光是这样已经谢天谢地了。

"我们必须争分夺秒赶往史法格诺夫。"

"我知道。"杰特跟在拉斐尔身后进了气闸室，"不过，我们到底能比敌舰先到多久？"

"怎么，你不知道吗？"拉斐尔像在鄙视他，"大概是史法格诺夫时制的二十七个小时。"

"那用不着这么急……"杰特意识到公主竖起了眉毛，"是不可能的。必须分秒必争告诉史法格诺夫险情。"

"很高兴你还记得我们的使命。"拉斐尔嘴上不饶人。

二人站在气闸室的艞口上，脚下是一个升降台。

"下降。"拉斐尔对升降台下令。

二人走下透明的连络筒，踏进了男爵公馆。

杰特在无重力环境待了两天，现在有些头晕眼花，又有什么东西吸引了他的视线。

是星空。不过看不到闪耀着青蓝色光辉的费布达修恒星，可以判断并非外部影像。另一个证据是，有无数的鱼在群星间游弋。

连络筒前整齐排列着十几个地上人，估计是男爵的家臣。

杰特感觉有些异样，但他立刻察觉到了原因——眼前站的全是女性。

女性们鞠着躬。

"公主殿下。"其中一人诚惶诚恐地走上前,原来是刚才通过话的管制员。她深埋着头,就好像坚信看一眼皇帝孙女的脸就会招来厄运,"请跟我来,这就带您去休息室。"

"那就有劳了。不过,"拉斐尔的语调有些不快,"我现在是星界军的翔士修技生,别把我当公主。"

"好的,谨遵您的吩咐。这边请,公主殿下。"

杰特听到了拉斐尔无奈的叹息。

"你周围的人也都这样吗?"杰特小声问她。

"怎么会!"拉斐尔愤然。

二人被领进了宇宙港设施内的某个房间,里面有好些桌子,无论看向哪里都是群星闪耀,鱼儿游来游去。房间里没有别的客人。

拉斐尔被带到了最里面的桌子前坐下。杰特理所当然地准备坐到她的桌前,却被管制员拦下,"请你去那边就座。"

"呃,"杰特莫名其妙地眨巴着眼,"为什么啊?"

"因为……"管制员看来有些难以启齿,视线拘谨地在杰特脑袋周围徘徊。

这是他再熟悉不过的反应,管制员是诧异于他的棕发和贵族头环的搭配。并且,在她看来,这个明显带着地上人遗传基因的青年,不应该和高贵的皇族同席。

"杰特!"拉斐尔有些忍无可忍。她说,"你愣着干吗?快坐下。"

"嗯。"杰特自然也不愿意受气,于是故意无视管制员,坐了下来。

管制员虽然直皱眉,却也不敢反抗公主,接着道:"请问您想喝些什么?"

"比起饮料,"拉斐尔说道,"我更想用一下灌水浴室。能帮忙带路吗?"

"贵为皇族怎么能洗灌水浴!"管制员睁大了眼,"这就为您准备舒适的浴池,还请稍等片刻。"

"我们时间紧迫,家臣女士。而且,皇族也会洗灌水浴。"

"这样吗……"管制员左右为难,"恕我无法评价。请问您希望享用哪种饮品呢?"

拉斐尔认输地看向杰特。

"我想喝咖啡,要冰的。"其实他并不渴,只是不得不给个答复。

"我要桃果汁,热的,加一片柠檬。"

"拉斐尔,你的味觉有些独特啊。"杰特随口说完才暗觉不妙,果然管制员正恶狠狠地瞪着他。

杰特赶紧缩起脖子。

"好的,这就为您准备桃果汁,请稍候。"管制员收起眼神,深鞠着躬向后退去。

"能不能记得把我的咖啡也捎带上啊?"杰特嘟囔道,他总感觉对方从一开始就没把他的话听进去。

"我不喜欢这里的气氛。"拉斐尔说。

"我也有同感。"跟皇族相比,贵族当然算不上稀缺,不过直接被无视还是让人不快。并不是说他想摆架子,只是希望旁人别把他当空气——这就是杰特微不足道的心愿。

不久,管制员带着另一名女子和自动机器回到房间。

自动机器停在杰特身边。

"请用。"管制员冷冰冰地瞥了一眼杰特。

"多谢。"谢谢你没忘了我的饮料,杰特边在心里嘟囔,边从自动机器的腹部取出装着冰凉咖啡的容器。

另一名女子端着桃果汁,正准备放到桌上,旁人都能一眼看出她有多紧张,她的手不停地发抖,桃果汁荡来荡去。

果汁终于洒了出来,量并不大,只是几滴而已。

可是,看这两位女士狼狈的程度,就像把开水淋到了公主头上。

"赛尔奈,你、你好大的胆子!"管制员一脸苍白。

"万分抱歉!"被称为赛尔奈的女子跪下拼命道歉,额头几乎紧贴着地板。

杰特哑然,他不明白到底有什么值得这样害怕。不就是少了几滴饮料而已吗?

拉斐尔也一脸茫然,"出什么事了?"

"献给公主殿下的饮料弄洒了,我、我该怎么谢罪……请宽恕我的冒犯……"

"你说的冒犯是指这?"拉斐尔看着桌上小小的水珠,"根本不必道歉啊。"

眼看公主用手指拭去水珠,赛尔奈急促地惊叫起来。

"天啊,这怎么行?!"赛尔奈扑向拉斐尔湿润的手指,"万万不可,这、这就为您擦拭……"

"不碍事。"拉斐尔放下手不想让她碰,"我不知道你对王宫里的人有什么看法,起码手指我自己会擦。"

"可是……"赛尔奈眼看要哭了。

拉斐尔只好看向杰特求助。

"我说一句,"杰特插嘴,"就到此为止吧,要不反而显得你不给面子。"

"遵、遵命。"赛尔奈咬着唇认了错。

"赛尔奈,既然公主殿下都这样说了,"管制员道,"我们就暂且退下吧。"

"是。"赛尔奈肩膀不停发着抖,仍然深埋着头行礼。

"愈发让人不快了。"二人离去后,拉斐尔嘀咕道。

"真没想到啊。国民都像这样吗?不知她们在害怕什么。'哥斯罗斯号'上的从士就坦然多了。"杰特虽是贵族身份,但遗传性状还是地上人,这二人的态度让他不太舒服。

"国民怎么可能像她们那样?'哥斯罗斯号'上的从士才

是正常反应。"

"是吗?"杰特不怎么信。拉斐尔虽没言明,其实星界军很可能是特殊情况,因为军中不讲出身。

"你不信?"拉斐尔看来有些意外,"我没骗你,等到了帝都你就知道了,我不会撒这种一戳就破的谎。"

"唔。"

"我小时候还被国民训斥过。"拉斐尔气呼呼地说。

"对方不知道你是公主殿下吗?"

"你以为都像你!那是在我家工作的国民,怎么可能不认识我。"

"你家,是指克琉布王家?"

"嗯,他是王家专属的园丁。我在食堂让移动台[1]失控了,把树丛弄得乱七八糟。"

"你说的东西我有时很难理解……食堂里怎么会有树丛?是说紧挨在食堂外面的吗?"

"并不,是庭院形式的食堂。"

"懂了。"杰特这才想起来。

亚维基本都居住在人工环境中,可以按住户的喜好随时随地安排下雨。既然屋外屋内没有区别,那寝室里也可以有花坛。相比之下,食堂里有树丛就不值得大惊小怪了。

---

1. 移动台,亚维用于室内移动或搬运物品的机器。

"于是——"拉斐尔讲述起来。

园丁满眼悲伤地检查了惨状,然后保持着恭敬的态度,这样告诉呆立的公主——

他是如何以自己的工作为豪,是如何将艺术性的情感全部倾注于这些死去的草木。然而这一切都被七岁女孩的恶作剧毁于一旦,这让他无比震惊及愤慨,并且人类尚未发现能够抑制这种愤慨的方式……

听完他的话,拉斐尔颤抖着嘴唇拼命道歉,用尽七岁孩子的词汇量发誓再也不会做这样的蠢事。

园丁并没有全盘相信拉斐尔的誓言,他依然恭恭敬敬,说道:"如果公主殿下再次用移动台破坏我的作品,届时,我一定会邀请您,与土壤改良蚯蚓共同度过最适合培养亲密关系的黄金时刻!"确保拉斐尔打心底里记牢之后,园丁才终于放她走了。

"不用说,后来父亲也把我训斥一顿。'如果你认为自己的生命廉价到可以用于一时的取乐,我无话可说。但你要记住,人的自尊绝非如此低廉'。"

"那位园丁是个例外吧。"杰特还是不怎么信。

"怎么会?!克琉布的家臣,还有我认识的贵族家臣,大家都以各自的工作为豪,为人也很高尚。"

"唔。"杰特终于有些信了,"不过,她们对待我的态度倒是足够骄傲的。"

"你只是被无视了。"

"感谢你的告知,我心里也正在怀疑呢。"

"总之我不喜欢这里,或许要放弃洗澡了……"

这时,桌旁的墙面起了变化。星空和鱼的影像就像开出一扇窗,空出一块四角形,其中出现了一名男子的影像。

他是名亚维,有一头闪着金属光泽的蓝色头发,眼睛细长,嘴角带着冷笑。

"抱歉没能亲自前往问候,"男子致意,"看来您就是克琉布王家的拉斐尔殿下吧。"

"我的确是亚布里艾尔·尼·杜布雷斯克·帕琉纽子爵·拉斐尔。"拉斐尔自报姓名。

"我是阿托斯琉亚·苏努·阿托斯·费布达修男爵·克罗华尔。期盼与您相识。"

"你好,男爵。"拉斐尔颔首,接着指向杰特,"这位是凌·苏努·洛克·海德伯爵公子·杰特阁下。"

"幸会,男爵阁下。"杰特略一点头。

"初次见面,伯爵公子阁下。"男爵纯粹出于礼节地问过好,立刻就对杰特失去了兴趣。

"那么,公主殿下,我不得不向您致歉。"

"怎么了?"拉斐尔难掩警惕。

"其实出了差错,我们发现燃料的存量不足。"

"怎么可能!你的管制员说……"

"所以才说出了差错,是管制员的疏忽,还望海涵。"

"好吧,那请批准我们直接前往燃料槽小行星补给。"

"这是什么话?"费布达修男爵轻笑起来。

杰特不由得打了个寒战。

"难得公主殿下来访,"男爵接续说道,"就这样让您离去,会让费布达修男爵家蒙羞,请您务必光临公馆。"

"难得你盛情邀请,"拉斐尔皱起眉,"但我正在执行军务,不能耽误。你没得到消息吗?那就去问你的家臣吧。男爵,此行并非礼节性的访问。"

"情况我已经了解,殿下。不过,还望您能接受邀请。"

"感谢你的好意,只是……"很明显,说感谢只是套话,拉斐尔已经开始失去耐心,"既然你已了解情况,应当知道有比招待我们更为重要的事,建议你考虑让我们撤离领地。"

"让您费心了,可是我们没有船,想让您离开也无能为力。"

"这样啊,可是……"

"您先听我说一句,"男爵打断她的话,"完成填充的燃料槽小行星都在远端的轨道上,附近的小行星都是空的。"

"怎么可能……"

"您不相信吗,殿下?"男爵面色不善,"这里的情况我最清楚。"

"是我失礼。"拉斐尔坦率道歉,"不过,既然距离稍远,我们驾驶联络艇前往即可。"

"不必费这般周章,我已让小行星加速,不出十二小时就会来到附近。"

"十二小时……"

"所以说,殿下,这段时间就请到馆内休息。至少在我的公馆里洗去风尘,用些便餐。我也有过军务经历,知道联络艇内部的情况,实在不忍心让皇族贵人长时间待在那种不便的环境里。"

"现在我并非皇族,"拉斐尔强调,"只是以星界军士兵的身份向你索要燃料。"

"那么,我就以领主的身份向你索要更详细的情报,我应该拥有这种权利。"

"啊,"拉斐尔像是被抓住了漏洞,"你说得对,男爵,是我大意了。本艇有'哥斯罗斯号'巡察舰的航行日志,我会把必要部分拷贝给你。"

"这也是个办法,"男爵有些不满,"不过,我更愿意在晚餐席上与您交流。"

杰特在一旁听得直冒冷汗。这就是帝国上流社会的对话吗?感觉更像一场高雅的对抗。拉斐尔语气也很强硬,跟她和杰特说话时完全不同。

"不过,还是驾驶联络艇前往更省时,我会把航行日志拷贝给你。我们希望立刻出发,前往最近的燃料槽小行星。"拉斐尔说道。

"您说得很对。"男爵道,"可是,我收到报告,殿下的联络艇需要稍做检查。总之,无法立刻出航。"

"检查?什么部位?"

"我也并不清楚细节,请您直接询问负责人。不过,负责人也正忙于工作,还请您稍事休息。"男爵的口吻不容反驳,"接下来我的家臣会为您领路,请在原地稍候片刻。"

影像消失了。

拉斐尔瞪着显示影像的位置,"这家伙也把你当空气了。"

"是啊。"男爵之所以问候杰特,也是因为拉斐尔的介绍,然后就再没注意过他。"不过也没办法,皇族和贵族放一起,肯定是皇族优先。"

"如果他是真心欢迎,出于礼貌也应当邀请你,对吧?还是说,又让你想不通了?"

"不,挺能想通的。"杰特回味起拉斐尔和男爵的对话。他是以旁观者的身份在听,所以并不介意,不过男爵的态度确实相当没礼貌。然而可悲的是,杰特早就习惯了他人不礼貌的态度,心里并没什么怒气。"不过,还是很高兴你为我生气……"

"我并不是为了你才生气。"

"是吗?"杰特喝了口咖啡。

"那种态度让人无法信任,说联络艇需要检查也非常可疑。明说了，我并不认为这种小领地具备相应的技术。或许他只是找借口留下我们。"

"他图什么？拉斐尔，疑心过重也不太好。"

"可他实在让我不快。"

"嗯，这我倒有同感……"杰特抄起手。确实有的人第一印象就让人反感，他对费布达修男爵倒没有强烈到称得上厌恶的情绪，最多只是不想跟对方深交。如果杰特一开始认识的亚维不是拉斐尔或者蕾克修舰长，而是费布达修男爵，那他肯定不会这么容易就接受亚维。

话虽如此，或许男爵只是个不善交际的可怜人，努力想给人好印象，结果却弄巧成拙。"你从逻辑上捋一捋吧。假设男爵阁下心怀鬼胎，那这鬼胎到底是什么？不惜说谎也要把我们带进公馆，对他有什么好处？"

拉斐尔思索起来，看样子想努力找出个名目。

"他会不会是想要联络艇？"杰特给出提示。

"为了什么？"公主抬起头问道。

"为了什么？这还用问，当然是逃离敌军的舰队啊。"

"那艘联络艇是双人座，只能乘两个人。"

"足够男爵一个人逃走了吧。"

"抛下家臣吗？"

"你明明不信任男爵，却相信他的正义感？"

"傻瓜！这与个人的道德无关。身为贵族，最可耻的行径就是对家臣或领民见死不救。光这一条,帝国的法律就不会饶过他。再加上抢夺舰艇的罪名,与其留在帝国,还不如去'人类统合体'的俘虏关押所更有未来。"

"原来如此,爵位即义务啊。"

"没错,爵位即义务。"拉斐尔领首。

"不过呢,"杰特还是坚持自己的意见,"人被逼急了,什么事都做得出来。我在渥拉修伯国亲眼看到过高层建筑起火,有人为了逃避火势,居然从三十五楼往下跳,估计是认为摔死也比烧死强吧,可我说什么也不愿意选择那种死法。男爵会不会也是宁愿从三十五楼跳下去的那种心境呢?"

"你看他像是被逼到走投无路的样子吗?"

"这个嘛,倒是不太像……"说到这里,杰特一个坏笑,"这么说,男爵并没有怀着什么阴谋啊。"

"确实会推导出这样的结论……"拉斐尔不情不愿地承认。

"那你大可接受他的欢迎,我也好好沾你个光。"

杰特往旁边一扫,正好看到男爵的家臣们向他们走来。

星界的纹章 I

9
亚维的微笑

泡澡确实很舒服。

拉斐尔泡在注满热水的浴池里,感觉疲劳随着汗水一同被洗去。

然而,她没法发自内心地放松下来。

原因之一在于服侍的人。

不知为什么,那位名叫赛尔奈的女性跟着进了浴场,说"我来帮您擦背""我来帮您洗头",硬要服侍她。

看来在她心目中,误以为这就是皇族的日常生活。

事实上,除了幼儿时期,拉斐尔从没让人帮她清洗过身体。基本都是自己去泡加了液体肥皂的热水,然后用干燥机烘干,就足以保持清洁。

可她都快说破嘴了,赛尔奈就是不信。

"请您千万别客气。"

居然说客气!她不会真以为皇族会跟人客气吧。

拉斐尔已经懒得抗议,索性就随赛尔奈高兴。

现在,赛尔奈依然抱着蓬松洁白的浴裙守候在浴池旁。

"你知道敌军的舰队正驶向史法格诺夫侯国吗?"拉斐尔泡在热水里跟她搭起话。

"知道。"

"你不害怕?"

"不怕。我们的主君肯定会有办法。"

"男爵吗?你认为他会有什么办法?"

"这我就不清楚了。"

"嚯。你很信赖男爵啊。"

"这是当然!"赛尔奈十分激动,"没有那位大人,就没有今天的我!"

"怎么说?"

"我从小的梦想就是成为国民,可我并不想参军,又没有成为家臣需要的技能。"

"既然是从小的梦想,"拉斐尔指出,"那你应该有足够的时间接受教育。"

"我的故乡是弗利萨伯国,女性的地位极低,没有办法接受家臣所需的高等教育。做个好妻子、好母亲,就是社会对女性的全部期待。我一直以为所有地上世界都是这样,直到接触了别的世界。"

"还有这种事?"

"是的,是主君把我从那个世界捡回来,让我接受教育。"

"教育?"在浴池给人擦背需要哪种教育?

"是的,我平时负责检查维修燃料槽,受的是这方面的教育。"

"这样啊。你不是专门负责浴场的啊。"

"嗯,这还是我第一次来浴场工作,主君沐浴时从没叫我服侍过。"

"别的家臣会为男爵擦背?"

"是的。"

拉斐尔得出了结论,这块男爵领地不正常。领主的日常生活确实会让家臣帮忙,不过最多也就伺候一下用餐,侍浴未免太过。

"而且,"赛尔奈继续道,"那位大人十分好心。"

"好心不等于有能力。"拉斐尔故意挖苦。

"那我还能做什么呢?"赛尔奈像做梦一般呓语着,"除了相信我们的主君。"

"这块领地上有多少人?"拉斐尔换了个话题。

"五十人左右,不过我没细数过。如果您感兴趣,可以另外……"

"不,不用。"拉斐尔打断她,"有多少亚维?"

"只有两位,我们的主君以及他的父亲。主君的妹妹长期住在拉克法卡尔。"

"是吗?这里的生活似乎很寂寞。"

"确实稍微缺乏调剂。不过生活非常安逸,没有什么不满的地方。"

"调剂……这么说我就是送上门的调剂?"

"怎么会?!"她就像遭受了电击,"能够迎来公主殿下是我们最大的荣幸,怎么可能轻易当您是调剂!"

要是把我当调剂,我反倒能安心啊,拉斐尔在心里自言自语。

澡也差不多泡够了，再泡下去，皮肤都要发涨了。于是，拉斐尔在浴池里站起身。

"您真美……"赛尔奈入迷地看着拉斐尔匀称的身体和细腻的肌肤，情不自禁地称赞道。

拉斐尔无视了这句朴素的赞美。她堪称完美的身姿是祖先们的审美和基因工程所赐，并不是自身的功劳。就算受到夸赞，她也不怎么开心。

赛尔奈为公主换上浴裙。

肌肤表面的水珠逐渐被吸走。

走出浴场，一名比赛尔奈更加年长的女性家臣候在那里，备足了堆成小山的浴裙和浴巾。

拉斐尔烦透了，"这座公馆难道没有身体干燥机吗？"

"主君认为，那是野蛮的机器。"年长的家臣答道，接着用浴巾裹起拉斐尔湿润的深蓝色头发。

赛尔奈则用新浴裙换下已经吸过水的。

拉斐尔任她们摆弄起来。没想到被人服侍还挺舒服。

她忽然想到，杰特是不是也在享受如此殷勤的服侍？说不定也是女性家臣。如果真是这样，不知为什么，让她非常不快。

彻底擦拭完身体和头发的湿气后，拉斐尔又迎来了新的挑战。

"我的军服在哪里？"拉斐尔看着备好的服装皱起眉。贴身衣物先不做评论，问题是外衣。染成鲜黄色的长衫上镶满宝石，随处都是红宝石、钻石或猫眼石。里面的连体衫是淡绿色，典雅而昂贵。这身衣服即便穿进宫中也毫不丢人。

"正在为您清洗。"男爵的家臣回答。

"不会是手洗吧？"拉斐尔讽刺道。在她泡澡这段时间，足够洗好衣服了。

"而且，主君交代了，晚餐席上穿着军服杀气太重。"

"杀气……"

拉斐尔并不介意把军服和杀气画等号，各人有各人的价值观。

不过，把自己的主观意见强加于人，未免太没脑子。

她根本不打算成为换装娃娃，只为男爵的一时之快。

"我只穿军装。"拉斐尔明确表示，"如果衣服还在洗，那我就等着洗完。"

"可是……"年长的家臣紧皱着眉，眼看就要哭了。

"公主殿下，还请高抬贵手……"赛尔奈也来求情，额头几乎紧贴着地板。

拉斐尔心生怜悯，这种事也不值得去争。

"那好吧，"拉斐尔表示妥协，"我会在军服外面套上长衫，这样总行吧。"

两名家臣面面相觑。

"可是主君吩咐……"

"又不能违抗公主殿下……"

轻声的讨论钻进拉斐尔的耳朵里。

何必这么小题大做呢?

拉斐尔扫兴地看着男爵的家臣,却忘了自己对军服的执着。

远方的"哥斯罗斯号"巡察舰正在与敌军作战,她却在跟人讨论晚餐的着装。这一切是如此不真实,让她抬不起头来。

拉斐尔思考起"哥斯罗斯号"。

战斗应该已经结束,不知结果如何。但愿"哥斯罗斯号"还健在。

"就听您的,殿下。"看来讨论终于有了结果,年长的家臣这样说道,"这就为您取军服来。"

果不其然,衣服早就洗好了。

年长的家臣取来军服。

"请更衣,可别感冒了。"不知是不是违心话,家臣拿起贴身衣物。

不用说,女性家臣不许拉斐尔自己拿衣服,而是让她像棵树似的站着,为她穿戴起来。

"你手脚很麻利。"拉斐尔不由得感叹。

"只是习惯了。"年长家臣说道。

"习惯了？你平常也做这种事？"

"是啊，殿下的宫殿里也有仆人吧。"

"确实有侍从，不过……不会连这种事都做。"

"哎呀，您真会开玩笑。"她并不相信。

拉斐尔穿好衣服之后——准确说，是被人穿上衣服之后，赛尔奈捧着木制方盘，郑重地端上前，"请着装饰。"

方盘上铺着鲜红的绸巾，贵金属和宝石类争相绽放着夺目的光彩。

"公主殿下，请选您喜欢的。"年长家臣道。

拉斐尔眯缝起眼睛，又缺了最关键的。"我的头环和电子手环在哪儿？"

"那种尽是杀气的东西……"

"与杀气无关，那是我的必需品。"

拉斐尔努力告诉自己，她们只是在执行命令，却依然压制不住怒火。她们难道以为头环和电子手环仅仅是装饰？电子手环里输有识别电波纹和个人信息，头环必须配合佩戴者调整才能使用。绸巾中央闪耀的头冠固然精美，却绝不能代替拉斐尔的军用头环。

"好吧，殿下，就听您吩咐。"年长的家臣认命地叹了口气，冲赛尔奈一点头。

赛尔奈小跑着送回了头环和电子手环。

拉斐尔戴上头环，重新感受到空识知觉，才松了口气。

缺掉一个习以为常的感官,会让人相当不安。

拉斐尔一出浴场就被直接领进餐厅。

地面是淡淡的群青色,墙壁和天花板以深蓝色为背景,闪耀着群星。

这里也有立体影像的鱼群在游动。

鲜红色的巨鱼长着黄色斑点,慢悠悠地游来游去,吸引着拉斐尔的视线。

品位不敢恭维——这是她的评价。

餐厅非常宽敞,拉斐尔来到房间中央的餐桌旁。长衫翻飞的下摆隐约露出星界军的黑色军服。

相比宽敞的房间,白色的餐桌非常小,费布达修男爵已经入座。女性家臣候在一旁,衣着十分暴露。饭菜还没上桌,桌上摆着紫水晶削成的酒杯,空椅子只有一把。

男爵站起身,鞠躬迎接公主。

拉斐尔停在餐桌旁,向男爵问道:"杰特呢?"

"杰特?"男爵抬起头,"啊,是指海德伯爵公子阁下吧。阁下由家父招待。"

"令尊为何不同席?"

"家父不爱交际。"

"你的话自相矛盾,不爱交际又为何招待客人?"

"或许,这就叫同病相怜吧。"男爵打起哑谜。

"你在说什么?"拉斐尔责问道。

"请别在意。"

"怎能不在意?我的任务就是护送杰特……护送海德伯爵公子前往史法格诺夫。"

"殿下,您该不会,"男爵挑起一侧眉毛,"是在怀疑我会加害于伯爵公子阁下吧?"

"怎么可能不怀疑。"拉斐尔直截了当地说。

"这就太遗憾了。"男爵丝毫没有遗憾的样子,继续说道,"总之请先就座,希望我们能边用餐边解除误会。"

"但愿只是误会,男爵。"

侍从已经拉开椅子等着拉斐尔。

拉斐尔坐下来。

男爵在确认她入座后,也随之就座。

"您喜欢哪种酒?"男爵问道。

"我正在执行军务,不接受酒精。"

"听您的,柑橘果汁如何?"

拉斐尔点点头,男爵啪地打了个响指。

侍从低声向嘴边的通话器发出指示。

"对了,"男爵在等候饮品时说道,"公主殿下是直呼那名青年的名字啊,那么也请直呼我克罗华尔吧。"

"我拒绝。"拉斐尔非常冷淡。

"为什么?"

"因为我不愿意，男爵。"

男爵陷入沉默，用细长的眼睛凝视着拉斐尔。

同样是女性家臣端着托盘走进餐厅，盘里装着酒壶和水罐。侍从拿起水罐，郑重地为拉斐尔的酒杯注满柑橘果汁。

接着，又用酒壶为男爵的酒杯倒上苹果酒。

拉斐尔刚泡完澡，正口渴，一口气喝光了柑橘果汁，侍从立刻又为她满上。

餐桌依然笼罩在不祥的沉默中，开胃冷盘终于上桌。黑漆的四方托盘散布着浅色花瓣，装着精致的亚维菜肴。亚维菜的一个特点，是对外观同样有极致的追求。

"请用餐。"

"嗯。"拉斐尔拿起银筷，夹起一片形似树叶的食物送进嘴里，贝类的鲜美充盈口腔，"很美味。"

"万分荣幸，殿下。"

"我夸的并不是你，"拉斐尔毫不留情，"而是厨师。这道菜是人做的，而非机器。"

"殿下，您真有眼光，我不太喜欢机器。不过，殿下看起来似乎心情不佳。"

"男爵，你真有眼光，我正在生气。"

"您不满意我的招待吗？"

"你认为我会满意？"熏火腿被制成燕子花的模样，拉斐尔停下正要夹菜的筷子，严厉地看向男爵。

"为何不满？"

"你还并未解开误会，如果确实是误会的话。"

"您是指那位地上人青年吗？"

"杰特是亚维贵族。"

"是没错。"

"不只是杰特，联络艇真的需要检查？燃料其实也并不缺吧？我对你的怀疑来自多方面。"

"啊，如果是指这件事，我确实说了谎。"男爵答得干脆，"燃料十分充足，联络艇也没做检查。"

拉斐尔毫不惊讶，光是把她和杰特分开这一点，就足够她确信并未受到单纯的欢迎。

她继续动起筷子，吃完剩下的冷盘，把空盘推到一旁。

"为什么撒谎？"

"因为，即便我据实以告，公主殿下也不会答应留下共进晚餐。"

"当然，我们在赶时间。"

"这么说，我选择撒谎是正确的。"

"这可不好说，我痛恨被欺骗。"

"我想也是。"

"既然你的谎言已被拆穿，我们这就启程。"

"关于这件事呢，殿下，"男爵一口饮尽苹果酒，"您可否考虑稍微推迟出发？"

"如果我拒绝,你会爽快送我们走吗?"

侍从端上一只碗,是海龟羹。

拉斐尔揭开碗盖,先品味一番馥郁的香气。

"恐怕不行。"男爵回答,"就算动用强硬手段,也非让您留下不可。"

"直到多久?"

"直到下一艘帝国的船只靠港。换句话说,是在确保本人领地的安全之后。"

"说不准何时会来。"拉斐尔端起碗,享用起鲜美的热汤。

"确实。"

"你就打算一直拦着我们?"

"是的。"

拉斐尔皱起眉,比起愤怒,她更多是困惑——男爵到底在打什么主意?

"慎重起见,我先申明,我可没有谋反的念头。"男爵道。

"你的行为不够光彩,远远称不上谋反。"拉斐尔嘴不饶人。

"真遗憾,"男爵带着冷笑勾起嘴角,低下头,"看来我的家系历史尚浅,还配不上光彩之举。"

拉斐尔不再搭理男爵,专心品尝起热羹。

她瞥了一眼，男爵跟前还摆着没吃完的冷盘，几乎动也没动。

难道，他给我下药了？拉斐尔瞬间起疑。

担心也没用，她立刻又打消了疑念，如果男爵真打算下药，在她吃下冷盘那一刻就为时已晚。而且，他至少会耍耍把戏，找机会单独给拉斐尔的菜下药。不对，甚至没有这种必要，公馆本来就是男爵的地盘。

下一道菜是麦胚烤鳟鱼，鳟鱼是基因改造过的小型种。

"然后呢？"包裹在外的麦胚被烤成焦黄色，拉斐尔剥着外壳示意男爵继续。

"什么？"

"你阻拦我们是出于何种目的，难道与我有仇？"

"怎么会！公主殿下逗留公馆期间，我只愿尽最大诚意款待您。又胆敢有丝毫加害之心……"

"哦？现在我开始怀疑，你究竟知不知道自己在做什么。"

"自然是知道的，我是在保护自己的领地。"

"绊住我们怎么会关系到你领地的安危？"

"史法格诺夫侯国是个大国，"男爵手舞足蹈，"'人类统合体'自然清楚侯国的位置。相反，我的男爵领地只是弹丸之地，历史也尚浅。很有可能，他们根本不知道费布达修男爵领地的存在。毕竟这里人迹罕至，每月才来两班定期联络船。如果他们之前不知道,那我希望之后也别知道。可是,假设他们观测到有船只驶出了费布达修门呢?说不定,他们会关心是否有情报网遗漏的领地,结果发现是这样一个毫不起眼的地方,难保不会毁之而后快。"

"可是,我们已经通过了费布达修门。如果没人目击,他们又如何会知道?"

"不排除已经被目击的可能啊。而且,给敌人的机会有一次就足够了,不能再增加一次。"

"道理上理清了。"

"对吧?"男爵用力颔首,"所以说,公主殿下,这并非我的本意,在确保附近的敌军被清除干净前,还请您暂且逗留本馆。如果敌军舰队被击退,那就耽误不了您多少时间。不过,若是事与愿违,就要劳烦您多待一阵,直到帝国收复这片地区。"

"这里的储备能支撑到那时候?"

"我的领地里也有水耕农场和培养牧场,粮食方面不必担心。不过,正因为食材种类有限,或许厨师会抱怨发挥不出原有的水平。"

"假如一直没能收复呢?"

"届时再说。像我这种小地方的领主,只能尽力处理好眼下的问题。"

"建议你应当把眼光放长远些。"拉斐尔交谈期间也只顾着扫平鱼肉和麦胚。

"怎么说？"

"你在阻碍执行军务的联络艇通行，说不定帝国会剥夺你好不容易保下的领地。"

"恐怕不会吧。我所做的一切，都是基于保护领地的热忱，想必帝国高等法院也会认同我的行为，最多不过罚款吧。"

"即便你的热忱将导致史法格诺夫侯国在毫无预警之下遭受袭击？帝国高等法院会如此宽容？"

"这一点也不必担心。史法格诺夫周遭交通量大，就算殿下不去，应该也会有人通报敌军舰队靠近的消息。这样一来，我的行为就不存在过失。相信殿下会在法院作证，并以亚布里艾尔之名起誓，我对您是如何的礼数周到。"

"不准你说这个名字。"拉斐尔厉声斥责，"轮不到你来教我亚布里艾尔一族的荣誉。"

"这是自然。"男爵毫无诚意地垂下头，"还请宽恕，殿下。"

拉斐尔没搭理他，把吃剩的麦胚烤鱼推到一旁，侍从立刻收走了餐盘。

"先不说我，杰特在哪里？"

"海德伯爵公子正由家父……"

"不必说谎，男爵。方才已经说过，我痛恨被欺骗。"

"好吧,"男爵耸耸肩,"由于那名年轻人不配享受贵族的待遇,我为他做了符合地上人身份的安排。"

"别让我一再重复,杰特是贵族。"拉斐尔道,"而且,你似乎对国民的地位抱有偏见。我从未见过任何国民比这里的家臣更加卑微,简直就像受训表演杂技的猫,让人痛心。"后半截话她是故意说给女性侍从听的。

"即便是皇帝陛下,也无权插嘴领主与家臣的关系,更别说公主殿下了。"

"此话不假。不过,我对你所言'符合地上人身份的安排'很感兴趣。"

"无需公主殿下操心。"男爵继续嘴硬。

下一道菜是装在南瓜里炖煮的肉和蔬菜。

拉斐尔盯着放南瓜的高脚朱红漆盘,"男爵,你听好。你有想要守护的领地,而我有必须完成的任务。我的任务正是把杰特安全送抵史法格诺夫。如果杰特有丝毫闪失,且不论高等法院,至少我绝不会放过你。"

"我不明白,"男爵摇着头满不在乎,"您为何对那个地上人如此执着?"

"既然你参过军,"拉斐尔怒视着男爵,"就该明白任务是何等神圣。不仅如此,这还是我首次执行任务。我有决心完成使命,即便让你心爱的领地被战火洗礼,也在所不惜。"

"这战火您烧不起来。"男爵说得从容,然而一眼就能看穿他是在硬撑。

拉斐尔尝了两三口南瓜，站起身来。

"啊，殿下，这只是小吃，菜还没上完……"侍从惊慌失措。

"替我谢过厨师并致歉，已经足够了，请转告厨师味道极好。"

男爵招招手，"带公主殿下去歇息。"

另两名事先候在近处的家臣赶紧上前，同样也是女性。

"殿下累了，"男爵指示，"立刻安排就寝，你们贴身服侍殿下入睡。"

原来如此，看来男爵是无论如何也不给她机会靠近联络艇。

"男爵，我想问你一句，你有男性家臣吗？"

"没有，我无法忍受身边有地上人男子。"

拉斐尔的嘴角勾勒出笑意。

反感亚维的那些人相信——亚维该笑时不笑，不该笑时却笑了。

这其实是个天大的误会。

亚维同样是开心时笑，快乐时笑。

不过，误解并非平白无故。亚维在面对憎恨的对象时，也会微笑。

这种微笑过于残酷，不是冷笑能够比拟，仿若绽放的毒花,笑意中交织着轻蔑和挑衅。没有人会将这种笑容误解为亲切的表现。敌人忌讳地称之为"亚维的微笑"。

"又多了一个厌恶你的理由。"拉斐尔的双唇绽放出亚维的微笑。

10

杰特的怒火

杰特醒了。他的头昏沉沉的,脑血管里就像流着泥浆。

——这是哪儿啊……

杰特微微睁开眼,刻着爬山虎浮雕的木墙映入眼帘,他正躺在硬邦邦的床上。

——我怎么会在这种地方?

记忆逐渐恢复。

从宇宙港穿过长长的通道来到公馆后,说是先安排入浴。没错,于是他和拉斐尔分开了。毕竟不可能共用一个浴池,所以杰特当时并没起疑。

可是呢,等拉斐尔离开后,有东西从后面按住了他的脖子。他根本来不及抵抗或是叫喊,瞬间就失去了意识……

——该死,都是那个男爵搞的鬼!

就算动手的是家臣,下令的无疑是费布达修男爵。她们通过无针注射给杰特下了药。

杰特跳起来,他自然在气男爵,不过更多是担心拉斐尔的安危。

"哦,你醒了啊,少年。"身旁传来一个声音。

杰特戒备地看向声音传来的方向,只见一位身着贵族长衫的老人站在那里。老人看起来已经年过七旬,不过体格健壮,十分矍铄,头发像漂过似的银白无瑕。

"你是?"

"问人名字之前,首先应该自报姓名吧?"

是这个道理。"我是凌·苏努·洛克·海德伯爵公子·杰特。"

"伯爵公子？不得了！不过，你看起来不像亚维。"

"你也是。"杰特戒备地说道。

"没错，所以说我们是同类。我是阿托斯琉亚·苏努·阿托斯·前费布达修男爵·斯鲁夫，也是第二任费布达修男爵。"

"这么说你是刚才那位男爵的……"

"我是他父亲。"

"你们到底在打什么算盘？"杰特怒气冲冲地质问。

"什么算盘？我吗？昏迷的年轻人被搬到这里，我只是出于担心守在一旁而已。"

"请别装糊涂。"杰特大叫起来。

"哎呀，别着急，少年。不对，是海德伯爵公子阁下。我那儿子做了什么，我确实毫不知情。"

"不知情？怎么可能……"

"没办法，事实就是事实。你看，我本身也被囚禁在这里，又怎么知道你的处境？"

"囚禁？"

"没错，是囚禁。虽然生活上没有任何不便，却没有行动自由，恐怕只能叫囚禁吧。"

"那请你告诉我，拉斐尔也在……不，被送过来的只有我吗?有没有另外一个女孩?"

"女孩?不,就你一个而已。你和那个女孩是情侣吗?"

杰特没有回答老人的提问,他看看手腕,电子手环不见了。

"我的电子手环在哪儿?!"

"不知道,我什么也没动。要是不见了,估计是犬子拿走的。"

"你真的什么都不知道?"杰特追问老人。

"不知道啊,抱歉。"老人很从容,"事实就是我被囚禁在这里,没人跟我说出了什么事。"

"可是,男爵阁下是你的儿子吧?"

"应该说,正因为是我儿子吧。他看不起我这个地上人的基因,所以尽量不让我见人——其实主要是家臣。"

"唔,我更糊涂了。"杰特捂着还没恢复运转的脑袋,这时他才发现装饰头环没了,象征贵族身份的长衫也不知去向。不过相比没戴电子手环,这些都不是大问题。

"他是个自卑鬼。"自称前任男爵的老人断言。

"我可看不出来。"

"看不出来也没什么影响,做父亲的都这么说了,那就错不了。费布达修男爵家历史尚浅,撑不起他过于膨胀的自我。"

"可他怎么说也是贵族,还有领地。"

"弹丸之地而已。"

"就算是弹丸之地,也够尊贵了吧。"

"尊贵是不假,不过就在三代之前,费布达修家连士族都不是,估计非常不合他的意吧。对啊,把我关在这种地方,说不定不是怕给他丢脸,而是他自己好眼不见为净吧,他受不了自己的父亲居然有地上人的基因。"

"你怎么好像事不关己?"

前任男爵坏笑起来,"我被关起来这段时间,一直在反思对他的教育到底哪里出了问题,毕竟有的是时间。你要是有育儿上的烦恼,可以跟我讨教。"

"将来有机会的话。"杰特不知还要多少年才会有后代,就算值得听取意见,现在他还有远比上教育课更紧急的事情。"我必须先想办法逃出去。"

杰特作势要下床,却险些摔倒。他连站也站不稳,看来药效还没退尽。

前任男爵扶住杰特,让他坐到床沿,"伯爵公子阁下,你别逞强。"

"请别叫我伯爵公子阁下,听着心慌。"

"看来你的烦恼也不少啊,少年。"前任男爵立刻接受了杰特的建议。

"没错。"

"不过,你是伯爵,岂不是位列诸侯了?不知是你的父母还是祖父母，或者是别的亲戚，能从国民当上伯爵，本事不小啊。"

"是家父，而且他甚至不是帝国国民，确实太有本事了。"

"嚯，不介意的话说来听听。"

"不了，抱歉……"

"看来你不太愿意，那我可更感兴趣了。不过，还是要尊重你的意见。行吧，先去洗个灌水浴，你睡着时出了不少虚汗。"

"再说吧，我必须先逃出去……"

"你现在这副样子怎么逃？先把身体清洗干净，填饱肚子，然后再来考虑你的问题。说不定我还能帮上忙。"

"你……会帮我？"杰特不敢贸然接受好意。

这位前任男爵，看起来确实值得信任。不过，考虑到人生阅历的差距，如果他想骗杰特，说不定比穿个鞋还简单。

况且，即便他是真心想帮忙，到底有多大能耐？他刚也说了，自己正被囚禁在这里。

"老人家的话你别不信，"前任男爵道，"最起码，泡个热水澡绝对不是坏事。我不会动手脚，要是想动，我早就动了。"

"可是，我在赶时间！"杰特突然想到一个问题，不禁寒毛直竖，"我到底昏迷了多久？"

"从你被送过来算起,"老人看了眼电子手环,"大概五个小时吧。我不知道你在急什么,不过总能再缓一两个小时吧。否则,你急也没用了。"

五个小时……

确实还能赶在敌舰前面,可是,拉斐尔怎么样了?如果男爵在打歪主意,说不定已经得手。

"能借我用一用你的电子手环吗?"以防万一,他背下了拉斐尔电子手环的号码。只要拉斐尔戴着手环,不出一光秒就能联系上她。

"请便。"前任男爵摘下电子手环。

杰特大失所望,原来前任男爵的手环只是手表。

"请问,这里有通话器吗?"

"有一个。"

"请让我用一下。"杰特急匆匆地请求道。

"可以是可以,不过只能接通家政室。我看你是想跟那姑娘说话吧,那就必须先叫她到家政室。你觉得可能吗?"

杰特失望地摇摇头。按照现在的情况,要想期待男爵家臣友善的态度,无异于痴人说梦。

"听话,去浴室吧。"前任男爵就像在劝说不听话的小孩,"先让脑子清醒起来,然后填饱肚子补充体力,我们再来策划阴谋。"

"好吧。"杰特有气无力地答应下来,看来确实需要补充体力。

跟杰特不同，拉斐尔在醒来的那一刻，就异常清醒。

虽然睡眠时间短暂，她却浑身精神抖擞，连指尖脚趾都充满力量。

拉斐尔轻轻掀开柔软暖和的被子，在黑暗中站起身。

"开灯。"她轻声说。

灯光随即亮起。

拉斐尔确认房间里没别人，这才松了口气。

之前那两名家臣谨遵主君吩咐，始终寸步不离，一直到拉斐尔睡着。

拉斐尔没想到自己如此疲惫，她原本打算装睡，结果真的沉沉睡去。

她看了看电子手环上的时间。平时睡觉她都会取下头环和手环，不过今天要防范被人拿走，睡觉时也没离身。

看来她睡了差不多四个小时。

男爵也算做了件好事。如果一身疲惫，就算她要采取行动，也难免不出差错。

不过，拉斐尔咬紧下唇，明明只想装睡，却真的睡着了，岂不是跟小孩子没两样……

拉斐尔又安慰起自己，至少结果是好的。

一想到男爵，她的怒火又开始熊熊燃烧。

光是妨碍她执行任务这一条,就足够气人,可是还不止。哪怕她无权命令对方,拉斐尔也从没被这样轻视过,这深深伤害了她的自尊。

我忍下来了——拉斐尔表扬起自己的理智,身为浑身都是逆鳞的亚布里艾尔,我实在太能忍耐了。

不过,她的忍耐也到了极限。

哪怕只是让男爵明白他自己有几两重,从这里逃出去也是有价值的。

拉斐尔打开衣裳筐,里面有她的军服,此外还有大量华丽的服装,但她连看都没看一眼。她是公主,等回到宫廷,日常穿的都是华服。

这些事先准备好的贵族公主所穿的服饰,并没让她格外诧异。可是考虑到男爵公馆内并没有女性亚维,其实十分不可思议。

拉斐尔穿好军装。

好了,那杰特又在哪里呢?

她必须找出杰特的下落。

拉斐尔启动电子手环,尝试连接杰特的手环。

"您所连接的电子手环并未佩戴。"手环轻声说道。

这就意味着杰特的手环被摘除了。

"哼。"拉斐尔关上电子手环,看来男爵是打算彻底切断她和杰特的联系。

拉斐尔另寻手段。她打开卧室里配备的终端，调出馆内地图。

男爵馆整体是三层构造，分为生活区、事务区、仓库、水耕农场和培养牧场等区域。

"显示现在所在位置。"拉斐尔对终端下令。

终端调出二楼平面图，中心位置的房间显示为红色。

"告诉我男爵的卧室。"

紧挨着拉斐尔所在的房间，又出现一处红色。

"客房呢？"

终端标记出同一层楼的大约二十个房间。

"其中有正在使用的吗？"

只有其中一间保留了红色，正是拉斐尔的房间。

"馆内有人被囚禁吗？"拉斐尔不抱多少期待地问道。

"无法理解您的提问。"果不其然，终端并未给出答案。

"告诉我现在馆内所有人的姓名和位置。"

"没有权限，必须获得主君许可。需要现在申请吗？不过，主君已就寝，最快明早才能……"

"不，不用。"拉斐尔打断终端。

看来，只能直接与男爵对峙。

把武器留在联络艇里是个失误。不过即便想带在身上，恐怕男爵也不会同意。

对啊，既然如此，不如现在去拿。

拉斐尔当机立断。

房间墙上的时钟显示，这片男爵领地正处于深夜时间。在馆内撞上家臣的概率很低。

她知道联络艇在哪里，问题是能否潜进去。

"能进入宇宙港吗？一艘联络艇系泊在码头，是否有加压通道连接？"

"有的。"

"禁止出入吗？"

"并未禁止，不过需要普通电波纹钥匙才能通行。"

"注册过我的电波纹吗？"

"没有。"

"现在可以注册吗？"

"没有权限，必须获得主君许可。需要现在申请吗？不过，主君已就寝……"

拉斐尔不等它说完："哪些人注册过电波纹？"

"主君，以及全体家臣。家臣的姓名是……"

"不用了。"拉斐尔察觉到终端准备报出五十个人的名字，连忙制止。

总之，先出去看看。

拉斐尔心想，目前形势不容乐观，待在寝室深思熟虑也没用。

她传送了一份馆内地图到电子手环上。

准备完毕。

拉斐尔决定离开房间。

不过，就在下令开门前，她忽然沉思起来。

在她心里有个疙瘩。

到底是什么呢？

拉斐尔一番思索，终于抓住了疑点。这座男爵馆里，除了男爵和他的家臣，还住着一个人。

拉斐尔再次启动终端。

"男爵的父亲应该也居住在此吧？"

"是的，前任男爵阁下居住在费布达修男爵馆内。"

"没有注册男爵父亲的电波纹吗？"

"是的，并未注册。"

"原因是什么？"

"主君的命令。"

"男爵为何要下这种命令？"

"没有权限，必须获得主君许可。需要现在申请吗？不过，主君已就寝……"

"这段话我已经听腻了。"拉斐尔烦躁不已，"前任男爵的住所在哪里？"

三楼平面图被调出。这一层几乎都被水耕农场和培养牧场占据，从升降区到水耕农场是一条直路，连接着独立的生活区，此时正亮着红光。

"我要见前任男爵阁下,立刻预约会面。"

"没有权限,必须获得主君许可。需要现在申请吗?不过……"

"不需要。"拉斐尔一拍放着终端的桌子,"去见前任男爵为什么需要男爵许可?不奇怪吗?!"

"无法做出判断。"

"我想也是。"拉斐尔赏了终端几个有失公主身份的字眼,"前任男爵所在的区域还有其他人吗?"

"是的,有一位。"

"名字叫什么?"

"并未注册在案。"

"这么说并非家臣?"拉斐尔确认道。

"没错。"

看来她找到杰特的所在地了。

"去前任男爵的住所同样需要电波纹吧?"

"需要普通电波纹钥匙及主君的许可。如需申请……"

"不准再往下说。"拉斐尔阴沉地说道。自打摆脱了机器老师,她还从未产生过如此强烈的破坏冲动。

看来这座公馆里的父子关系并不和谐,但她毫无兴趣,这种事在贵族家庭里并不少见。

拉斐尔打开衣裳笥,挑了件长衫穿上,这样方便隐藏武器。深红的长衫上用银丝绣着展翅的飞鸟;腰间系着孔雀石色的饰带，卡扣的白金底座上镶嵌着红宝石。

这次她是真的来到了走廊上。

"公主殿下！"

刚出房间就有人叫住她。

拉斐尔吓了一跳，赶紧转过头。

只见一名坐在简陋藤椅上的家臣站起来，深深弯下腰。

此人并不是服侍她就寝的家臣，不过拉斐尔对她有印象，"你是家臣赛尔奈吧。"

"啊，我真是太荣幸了，公主殿下！"她看起来要晕倒了，"您竟然记得我这种卑微下人的名字！"

拉斐尔无言以对，她稍微有些理解杰特的烦恼了。

她并不打算对别人的家风指手画脚，不过，为了维护"尊严"这个概念，费布达修男爵家的氛围确实需要进行改革。男爵这些家臣对拉斐尔的态度，远远超出了尊敬的范畴。

当然，克琉布王家也有众多家臣，拉斐尔也是在佣人的精心照料下长大的。不同的是，他们非常清楚忠诚和奴从的区别。

拉斐尔自认并没在馆内耀武扬威，家臣们的态度却显得她像个妄自尊大的傻瓜。

"你在这里干吗？"费布达修男爵家的家风改革问题先放一放，拉斐尔问起正事，"是监视我吗？"

"这怎么敢?"赛尔奈瞪大眼睛,"我怎么会做这种大不敬的事。我守在这里,只是为了公主殿下醒来时可供差遣。"

拉斐尔并不怀疑她的说辞。如果目的是监视,应该有更加文明的做法,大可不必守在门口。

"是男爵的命令吗?"

"是的,主君吩咐,公主殿下逗留本馆期间,由我来照料。"

"你也需要时间睡觉吧?"

"啊,竟让您为我这种卑贱之身担心,这是何等荣幸。不过敬请放心,会有人来替班。"

"那就好。"拉斐尔冷冰冰地说道。或许赛尔奈是值得同情,然而她本人却十分满足于现状。这让拉斐尔很不舒服。

她无视赛尔奈往前走去。

"请慢,公主殿下。"赛尔奈慌慌张张地追上来,"您这是要去哪儿?"

"问这干吗?"

"有什么事吩咐我去做就是了,公主殿下请在房间里好好休息。"

"不,不用,我自己去。"

"您这是要去哪儿?"赛尔奈又一次问道。

"联络艇。"拉斐尔实话实说。她一下子想不出借口,而且,说不定运气好,可以利用赛尔奈的电波纹钥匙。

"哎呀。"赛尔奈用手捂住嘴，"万分抱歉，公主殿下，主君吩咐了，不能进联络艇……"

拉斐尔已经预料到她的回答，这次迅速做出反应：

"这就怪了。这里的确是男爵的官邸，但联络艇并不是男爵的所有物，而是属于星界军的，并由我指挥，对吧？男爵没有权利禁止我入内。"

"是、是呢。"赛尔奈看起来无所适从。在她的认知里，周围的一切——说不定也包括她自己——都是男爵的所有物。而现在，这个观念突然受到了冲击。

二人已经来到前往宇宙港的通道门前，这是必须使用电波纹钥匙才能通过的第一道关卡。

"能麻烦你开下门吗？我的电波纹没注册。"拉斐尔请赛尔奈帮忙。

赛尔奈犹豫起来，"公主殿下，我不知道应不应该……"

拉斐尔不再吭声。这种情况，无论她说什么，估计都会让自己生厌。所以她只是抄起手，凝视着通道门。

她赌起气来，干脆一动不动，等着见分晓。要么是成功进入宇宙港，要么是被男爵的家臣们拽回房间。

"公主殿下，"赛尔奈有些担心，"您不会是想一走了之吧？"

拉斐尔很诧异，"怎么可能走得了？"

"是呢，还没向主君道别……"

"与此无关,"拉斐尔愈发诧异,"你还不明白吗?"

"您指什么?"赛尔奈露出戒备的神色。

"男爵拒绝提供燃料,这艘艇哪里也去不了。而且,他还把我的同伴囚禁起来。"

"哎呀。"赛尔奈捂着大张的嘴,"主君竟会做这种事?"

"你当真什么都不知道?不可能是男爵独自操办,他无疑命令了家臣帮忙。"

"如果主君对我下令,我肯定也会遵从。"赛尔奈满怀歉意地低下头,"可是我对您发誓,我真的毫不知情。主君不会告诉家臣多余的信息,我只以为公主殿下是在军务途中顺道来访。"

"那你为何知道敌军舰队的进犯?"

"我只是听到传言而已。这种小地方,流言一下子就会传开,并不是主君告诉我的。"

"是吗?"留言的源头想必是管制员,"那你现在知道了,你打算怎么办?"

"怎么办,是指什么?"

"你既是男爵的家臣,同时也是帝国国民。你是愿意作为家臣对男爵尽忠,还是作为国民协助我的任务?"

赛尔奈犹豫了好长时间。

"好的,"赛尔奈最终跪下来,"国民谨遵殿下差遣。"

"不……"拉斐尔并非以公主的身份在下命令,而是以士兵的身份请求她的协助。拉斐尔正要解释,转念一想,又打消了念头。行吧,随便她如何理解。拉斐尔只说了句:"感谢配合。"

"您太客气了。"赛尔奈站起身,为她开了门。

11

前任男爵

"第一任费布达修男爵,也就是我的母亲,出身迪·拉普朗斯行星。那是个人口过剩的地上世界,当然也加上家庭的问题,她只能选择要么移居到人更少的世界,要么成为帝国国民。"

为杰特准备的饭菜是香料炖鸡肉和生蔬拼盘,分量多到腻人,但非常可口。

亚维喜欢清淡的味道。本以为是他们味蕾的构造不同,结果据说跟祖先并无二致,只是恰好口味清淡而已。还有一种说法,杰特也听过,说是亚维相信清淡的口味更显高雅。

虽然菜有些偏辣,不过相比"哥斯罗斯号"上提供的伙食,这些菜味道浓郁,更合杰特的胃口。

然而他没有闲情慢慢品尝,只是机械地叉着香料炖鸡,边听老人讲述费布达修男爵家的来历。

"于是乎,她选择了当国民这条路。而成为国民的捷径,就是志愿加入星界军,然后她就成了掌兵科的从士。少年,你知道掌兵科吗?"

"知道。"杰特点点头,"我记得是维修兵器类的术科吧。"

"没错。她在军中结识了我的父亲,以地上人的方式生下了我。这里指的是结婚生子。"

"我明白。"

"再然后,老妈的才能受到赏识,进了门槛极高的造兵修技馆。你知道造兵修技馆吗？"

"我也考虑过读那里，是培养兵器技术人员的修技馆吧。"

"说对了。老妈毕业之后转到造兵科，成了翔士。因为从士的话，要长年累月工作，才有可能跻身士族。我老妈够本事吧？"

"确实。"老人盯着他直看，没办法，杰特只好表示同意。

"据说她跟我父亲分手也是在那时候，结果我连父亲长什么样都不知道。反正这对亚维来说也算不上稀奇。不过之后老妈也一帆风顺，虽然算不上出众的技术人才，不过知人善任，有当领导的资质，于是一路高升，最后当上技术元帅，成了舰政本部长官。"

"真不简单。"

"是吧。帝国会给元帅授予爵位，于是得到了这颗蓝色的星星。"

杰特正好满嘴蔬菜，点个头就算应和。

"总之，就这样，我保留了地上人的遗传性状。年轻时我也非常恨，不过嘛，现在就无所谓了。说实话，到了这把岁数，年轻的肉体反而只是负担。衰老死去是人的权利，不明白亚维为什么要舍弃。你现在还年轻，肯定很难理解吧。"

"是啊，硬要说的话，我也希望永远都别变老。"

"对吧。不过，肉体应当伴随精神老成起来。继续正题，多亏老妈是士族，我成功申请到了修技馆的入学资格。不过我又没有空识知觉，当不了飞翔科的翔士，那帮人自诩他们才是真正的翔士。于是呢，我进了造船修技馆。你知道造船修技馆吧？"

"知道，这也是我的入学候选。不过，我感觉自己不适合当设计技师。"

技术系有四大主流，分别是研究兵器的造兵科、规划船体的造船科、设计机械的造机科，以及处理思考结晶的光子科。四大科都有独立的修技馆。

"我顺利成了造船翔士，老妈获得爵位和领地时，我的专业知识就派上了用场。换句话说，这就是'阴谋的种子'。"

"什么？"杰特跟不上他跳跃的节奏，忍不住反问。不过，同时他也猜到，老人终于要聊到他感兴趣的话题了。

"让你从这里逃出去的'阴谋'，能帮你扳倒我儿子的坏点子。你不会忘了吧？"

"怎么会！我从刚才就一直在想……"

"别把我的话当耳旁风。"

"呃，哪里……"杰特被当场拆穿，不禁红了脸。

"没事，"前任男爵摆摆手，"是我好久没跟人说过话了，忍不住啰唆个没完。"

"怎么会，你讲得都非常有意思。"

"听着,少年,你看起来心地很善良。不过你年纪也不小了,应该知道显而易见的恭维反而伤人。"

"抱歉。"

"也没什么。总之,我再详细说明一下。船和轨道官邸有相似之处,换句话说,轨道城馆不过是一艘没有引擎的船而已。这座男爵馆就是我设计的。设计者享有不少特权,我并没转让给儿子。那个冒失鬼,在继承之前就把我囚禁起来了。简单一个键语[1],就能让这座公馆的思考结晶网听我指挥。只要能靠近终端,起码能反过来囚禁那个不孝子。"

"那你为什么……"

"你是想问我为什么甘愿被囚禁吗?你说,少年,我从这里逃出去之后,又能去哪儿?离开囚禁区域,男爵公馆周围是绝对真空[2],真空度为三度。而且,我从前的家臣全都被解雇了,馆里都是儿子通过特殊方式重选的。所以我是想逃也逃不走啊。"

"可是,你可以求救吧。"

"帝国不会干涉贵族的家务事。既然你也是贵族,记住这句话对你没坏处。而且,我还挺喜欢这种生活,反正去外面

---

1. 键语,意为关键词。镶嵌在分子结构中,可在思考结晶中使用。
2. 绝对真空,亦作完美真空(Perfectvacuum),是指一个理论上没有任何物质的封闭空间。

也没什么想做的事。最烦的是人际交往,一想到我那些老朋友还跟从前一样,只有我变老了,心里就有气。"

"我没记错的话,你刚才不是说,肉体应该伴随精神老成起来吗……"

"哎呀,少年,你听过'不服老'这个词吗?"

"这个嘛,当然听过。"

"那就不需要我多解释了。"

"好吧,就算你有理……"即便他彻底信任前任男爵,还是留有疑问,"那你能保证男爵没修改过键语吗?"

"不能保证。"前任男爵答得干脆,"不过,人有时必须赌一赌,要不这辈子就太没意思了。我对这里最大的不满,就是没人来跟我赌一赌。"

"我不喜欢赌博。"从七年前的那天起,他就和命运有些不对付,所以不怎么愿意将自己人生的一部分交给这个犯冲的对象。

"你这个想法很健康。不过,这场赌局胜率极高。键语被烙印在分子结构里,除非那小子把思考结晶彻底更换,否则不可能更改。"

"是这样吗?"杰特还没完全打消顾虑,毕竟没有任何保证。

"少年,你就相信我吧,然后把注押到我身上。好了,反正我闲得慌,帮你的忙不成问题,不过我先得听你说说遇到的麻烦。你来这儿干什么，怎么会落到跟我当室友的下场？"

于是，杰特讲述起自己的经历。

包括他是如何获准入读主计修技馆，为了前往帝都拉克法卡尔，登上了"哥斯罗斯号"，结果在途中遭遇怀有敌意的时空泡群，只好搭乘拉斐尔驾驶的联络艇逃走，为了补给才半路停靠在费布达修领地……

"之后发生的事，前男爵阁下，你都知道了。"

"嗯？这么说，你刚才提到那个名叫拉斐尔的女孩，难不成就是公主殿下？"

"没错。"杰特不太情愿地点点头。

"原来如此。"老人微笑起来，"我隐居这些日子，外面竟然出了这种事。嚯嚯，这可不得了！我死掉的老妈要是知道了，可得乐坏了。没想到公主殿下大驾光临啊。就算只是迎接伯爵公子阁下，我也倍感荣幸。我家也算升了个档次。"

"别打趣了。"杰特有些着急，"你真的会帮我吗？"

"当然会帮。反正让你和公主殿下乘上联络艇飞走就行吧？"

"还要补充燃料。"

"没错，没错，不能忘了燃料，要顺便带上些食物吗？"

"当然，如果可以的话。我都吃腻战斗配餐了，全是亚维喜欢的清淡口味。不过，能弄到吗？"

"我看能行。不过，还有个问题。"

"什么？"

"我说了，前提是能接近终端，对吧？那小子也稍微有点这方面的顾虑，所以这片囚禁区域里没有终端。"

"这样啊。"杰特非常失望。

"喂，你到底在期待什么？难道你以为我随便对终端下个命令，你们两个小青年就能手拉着手私奔了？现实生活可没这么简单。"

"拉斐尔跟我不是情侣。"杰特纠正。

"别较真，我只是想稍微卖弄一下文学性的修辞。"

"先说正事吧，要怎么才能让你接近终端？"

"出了囚禁区域就行。"

"怎么出？"

"这就需要我们俩现在一起来动脑筋，要不无论阴谋还是坏点子都没着落。你多卖些力，将来就能让公主欠你个大人情。对了，少年。"

"什么？"

"你们俩真没在谈恋爱？"

"是啊，并没有。"杰特有些遗憾地表示否定。

"可是啊，放眼帝国，能对公主殿下直呼其名的可真没几个。还是说，你只是背着公主才这么叫？那我对你的评价就要改一改了。"

"啊，不，这个……"杰特吞吞吐吐起来，"当面也是这么叫的。"

"岂不是……"

"不过,纯粹是拜无知和幸运所赐。说起来话就长了,而且很无聊。"

"我倒想洗耳恭听,不过现在你也没心情聊吧。"

"是啊,非常遗憾,而且也没时间。"

"的确太遗憾了。我正想给那个不孝子分配戏份,让他去演个横刀夺爱的坏蛋贵族呢。这种不知趣的角色,简直太适合他了!"

当然,费布达修男爵对拉斐尔并没有横刀夺爱之意。

而且,拉斐尔根本没有喜欢的人——至少她自认没有,所以也谈不上横刀夺爱。

当晚,男爵反常地——说反常,是因为平常他都会叫上好几个喜欢的家臣侍寝——独自关在寝室里。

这一晚,他必须思考很多事情。

男爵用紫水晶酒杯装着产自赛姆琉修伯国的苹果酒,喝了一大口。

他心里有些犹豫,还不能确信自己的判断是否正确。

他的愿望是构筑自己的王国。这里所指的王国,并不是庞大到能够与帝国抗衡的那种。男爵虽然对自身才能有过高评价的倾向,但他并不疯狂。他心目中的王国,像现在的男爵领地这种规模就已足够。

在帝国的贵族社会中,他始终被自卑感俘虏。身份仅仅是个男爵,家族的历史甚至还不如随便一个士族。

所以,他不喜欢去帝都。周围都是亚维,浅薄的家底会时刻折磨他的自尊。

而在这片领地,他就是唯一的亚维。男爵并不承认自己的父亲是亚维,即便承认也没有区别。在这一方小小的世界里,现在他才是统治者。

没错,只要待在领地里,他就能沉浸于幻想,把自己塑造成唯我独尊的一国之主。

在他监听到拉斐尔与管制员的通话时,首先产生的是失去王国的恐惧。

敌人恐怕是"四国联盟"。就算他的领地再闭塞,也有足够的情报能让他做出判断。

"四国联盟"会同意男爵领地继续存在吗?

不可能!

那该怎么办?

男爵思来想去,唯一的希望就是让"四国联盟"别注意到男爵领地。

为此,一定要避免节外生枝,绝不能让任何人通过费布达修门进入平面宇宙。

到此为止都跟他向拉斐尔说明的一样。

当然，男爵也很清楚，即便有人通过费布达修门进入平面宇宙，也不太可能重新引起敌军的注意。

所以，一开始男爵是打算尽快完成补给，把那艘可能引来不速之客的小型艇赶紧扔回门里。这样可以把危险降到最低。

不过，就在这时，一个不好的念头钻进了男爵心里。

他在想，有没有可能，敌人已经在前往男爵领地的路上？

假如敌人要求协助，男爵打算二话不说听从指示。因为男爵领地没有武装，抵抗毫无益处。如果他们需要燃料，那就要多少给多少。只要能保住这个王国。

然而，敌人或许并不需要男爵的协助，仅仅是强制性地收押反物质燃料工厂和其他设施。这种可能性实在太大。

不过，他们会不会对皇帝的孙女产生浓厚兴趣呢？

也许他们并不知道，绑架人质这种手段无法威胁亚维的皇帝。

如果是这样，他就有了做交易的筹码。

可以拿公主做交换，要求保全领地。要尽量拖延谈判时间，同时全力提供协助。他要让费布达修男爵领地成为"四国联盟"军的后勤地，一旦成了重要的补给基地，对方也就不会轻易出手。要知道，与其被没收领地，男爵随时都有和领地同归于尽的决心。

而作为一种保险，他要留住拉斐尔这只飞进怀里的小鸟。

如果断绝了与帝国的联系，敌人也没找上门呢？

那才叫求之不得，他将成为这个小小世界名副其实的绝对统治者！

就算只有五十名家臣，也足够了。就算只能吃到种类有限的水耕农作物和培养肉食，也没问题。就算喝不到他最爱的赛姆琉修伯国苹果酒，也受得了。只要能保住这个世界，自己成为君临于此的神。

男爵幻想着统治一小方天地的自己，在这片天地里，还有拉斐尔。

如果断绝了和帝国的联系，那他也就不必因为拉斐尔的公主身份自卑。在这片领地里，拉斐尔没有任何权利。家臣都经过层层筛选，全是对男爵千依百顺的女性，都把他当神崇拜。即便公主做出和男爵相矛盾的命令，可能也不会有任何一名家臣犹豫该听谁的指示。

老实说，男爵从没跟女性亚维有过深交。他在拉克法卡尔和军队里也结识过女性亚维，不过光是交谈，就让他忍不住缩手缩脚。

或许是因此产生的副作用吧，时不时地，他会让家臣们染成蓝发，穿上亚维贵族的服饰，沉浸于略显错乱的娱乐中。没想到，出于这种目的准备的衣裳和装饰，在迎接公主时派上了用场，不过娱乐活动本身总是让他失望。

家臣的外表还在可以接受的范围，毕竟亚维自身对美的标准十分个性，偶尔也会出现难以真心称其为美女的例子。问题在于内在——家臣总是过于谦逊，丝毫没有亚维的样子。

其实，在面对拉斐尔前，他几乎都忘了真正的女性亚维是什么脾气。

男爵倒着苹果酒勾起嘴角。

面对真正的亚维，而且还是公主，我把想说的话都说出口了。

都是得益于身在自己城池之中的安心感，在拉克法卡尔的社交界里是想都无法想象的。这是为了将来统治的预演。

——王国需要继承人啊……

他醉醺醺地思考起来。

领地里多的是女人，家臣全都是女性，可她们都是地上人。

他的遗传性状是亚维，除非调整遗传基因，否则和地上人女性生出子嗣的可能性几乎为零。即便能生下来，恐怕也有致命的先天性缺陷。

当然，帝国调整遗传基因的医疗设施数不胜数。男爵自己的父亲就是地上人的遗传基因，母亲则是天生的亚维，两人生下的孩子从遗传学上也是纯粹的亚维。然而，费布达修男爵领地里并没有调整遗传基因的设备和技术。

不过，拉斐尔无论从哪个方面都是无可挑剔的亚维，和她生孩子，从生物学的意义上不存在问题。

亚维的自然受孕分娩伴随风险，因为亚维本来就是不自然的生物。不过，风险也并没高到非回避不可的地步。如果以纯生物学的方式生出亚维，会有一定概率罹患先天性疾病。男爵读过相关论文，可信度很高。据统计，五十个人里最多有一个生下来才患有重疾。

从赌局来说，胜率并不低。

——对啊，就让公主来生我的继承人……

男爵的妄想无限膨胀。

很有可能，从这一刻起，男爵就对拉斐尔萌生了爱意。

当然，这个对象并不一定是拉斐尔，可以替换为任何一个遗传学意义上的亚维。

而且，虽然拉斐尔有无可挑剔的美貌，可是说到底，还只是儿童的美，青涩的美。她还需要相当长的时间，才能成长为成熟的女人。再加上，她的性格也很不亲切。

不过，反正都是后话了。

目前来说，帝国依然有可能收复这块土地。

对拉斐尔保持恭敬——起码是形式上的，也是考虑到今后有可能恢复与帝国中央的联系。

至于那个碍眼的地上人伯爵公子，男爵对他的态度确实算不上恭敬，不过也没糟糕到要被判罪的程度。毕竟是让他和男爵的父亲共处一室，男爵有的是办法为自己申辩。

两人乘坐的联络艇让他有不好的预感，恐怕会引来祸端。他原本想毁了联络艇，不过考虑到该如何向帝国说明缘由时，又不得不告诫自己先别轻举妄动。

如果确定了帝国不会再回来，届时他就按计划行事吧。到那时候，公主肯定也会更好对付。

就连那个青年，也有用处。需要地上人的精子来生育下一代家臣。

酒精麻痹了脑细胞，男爵已经没有一丝犹豫。

方方面面不都顾及到了吗？虽然谈不上完美，不过考虑现状，这就是最好的安排。

男爵神清气爽地一口喝光剩下的苹果酒，躺到了床上。

通话器就像算准了这一刻，哔地鸣叫起来。

"干什么?!"男爵质问道。如果没什么要紧事，他一定要大加叱责。

"这里是家政室，我是格蕾妲。主君，非常抱歉打扰您休息，有人闯进了联络艇，请您指示。"

男爵噌地坐起身。

飞进怀中的小鸟，并不一定会老实待着。

男爵算错了一点。

他俊丽的姿容在地上世界确实罕见，不管是否发自内心，都会唤起家臣的忠诚。她们对男爵心怀憧憬，甚至可以说是崇拜。在家臣眼中，和男爵共度的时光就像毒品一样充满魅力，以至于相互争抢。只要是男爵给的，哪怕是莫名的谩骂或者一记鞭笞，对她们而言都是甜蜜的馈赠。如果感觉不到甜蜜，只能说没有资格成为费布达修男爵的家臣。

不过，半神般的美貌并不是费布达修男爵独有的。只要是群星的眷属，亚维，在美的基准上全都出类拔萃。

的确也有家臣发誓只对男爵效忠，这些就是男爵每晚的对象，他所中意的情人。

不过，超过半数的家臣并非如此。

她们并非像男爵误以为的那样对他个人抱有忠心，而是对整个亚维种族怀着兴趣。虽然她们将亚维的世界视为天界，却也深知男爵只是亚维贵族中的泛泛之辈。

赛尔奈即是其中之一。

她的兴趣是背着男爵，观看各种亚维贵公子的立体影像。虽然她丝毫没有同性恋倾向，现在却控制不住被近在眼前的亚维公主吸引。

连她自己都感到不可思议，居然能保持清醒，同公主正常交谈。恐怕是因为，她还没有完全相信眼前这一幕。

当然，虽然地处边境，毕竟是男爵给了她在天界的容身之所，对此她心怀感激。她在男爵领地生活了太久，主君的命令就是一切,这种思想已经深入骨髓。

可是,在赛尔奈听来,拉斐尔的话有着难以抗拒的强制力。要知道,这位少女或许会成为亚维一族美丽高贵的统治者。

做出艰难的决断之后,能够服侍公主这一事实,让赛尔奈兴奋得几乎有点头昏眼花了。

不该问的她一句也不问,一路带领公主来到出入大厅,在升降筒的门前忠实地恭候着新的主人。

随后,拉斐尔下到大厅,她长衫下的大腿两侧鼓鼓囊囊,有些不自然。

"公主殿下。"赛尔奈跪迎公主。

"家臣赛尔奈,"拉斐尔说,"我想让你带我去见杰特。或者,把杰特带到这里。你能办到吗?"

"杰特大人?"赛尔奈对这个名字很陌生,"他到底是谁?"

"我的同伴,海德伯爵公子,遭到囚禁。你也见过他。"

赛尔奈很失望。听到伯爵公子这几个字,她满以为是位蓝发的翩翩公子,没想到是那个一看就是地上人、不知为何却作贵族打扮的青年。

"是那位啊……"

"你知道他被囚禁在何处吗?"

"非常抱歉……"

"你用不着道歉。"公主的语气听起来有些焦躁。

"不胜感激。"

"不过,你应该知道前任男爵被囚之处吧?"

"您是说主君的父亲吗?"赛尔奈轻蔑地反问道。那位大人空有亚维的身份,却并不是亚维,所以才躲起来羞于见人。

"那位大人并没遭到囚禁,只是在隐居而已。"

"那为何不能与他通话?"

"这就不清楚了。"如此说来确实蹊跷。其实她从来没想过要联系前任男爵,所以根本不知道通不了话。

"我不管他是被囚还是在隐居,总之,杰特应该就在前任男爵那里。我无论如何都要把他带走。"

"非常抱歉,"赛尔奈诚惶诚恐,"这是不可能的。"

"因为男爵不允许?"

"这也是原因之一。事实上,必须有主君许可才能入内。"

"被封闭了吗?"

"是的。"

"就没任何办法取得联系吗?"

"我记得家政室的通话器能和他通话,不过只有少数家臣才能进出那里。"

"能潜入吗?"

"如果您是指不被发现的话,是不可能的。"

家政室里随时都有数名家臣值守。

"那就我和你一起武力镇压。"拉斐尔从长衫下摆拿出武器,交给赛尔奈,"你会用吗?"

"不会,我从没用过……"赛尔奈傻傻地接过枪来,她从没想过公主竟会对她如此信赖。

"很简单。"拉斐尔从大腿的绑带上拔出另一把枪,开始教她如何操作。

"嗯,我明白了。"确实很简单。先确认打开保险栓,然后把枪口对准目标,最后扣下扳机就行。

"走吧。"公主奔跑起来,"抓紧时间。"

"是。"赛尔奈也追上去,赶到拉斐尔前面。还要通过好几扇门才能抵达家政室,她必须在前面带路。

可是,来到第一扇门前时,赛尔奈停了下来。

——我这是准备谋反啊!

赛尔奈不寒而栗。

受公主轻松的态度影响,她也没意识到问题的严重性。接下来她准备做的事——不,包括现在她已经采取的这些行动,全然是对主君的背叛。

她用电子手环发出电波纹,打开了门锁。

"开门。"赛尔奈声音颤抖着说完,回过头来,"公主殿下?"

"怎么了？"拉斐尔立刻迈步，超过了赛尔奈。

赛尔奈小跑着追上前，说道："我有一事相求。"

"但说无妨。"

"我已经背叛了主君，没法继续留在男爵领地，还望公主殿下务必收我做您的家臣。"

拉斐尔回过头，眨巴着眼睛。

赛尔奈担心起来，生怕提出了非分之请。

"啊，确实。"拉斐尔说道，"不过我没有家臣。"

"怎、怎么会？！"赛尔奈难以置信。贵为皇族，怎么可能连一个家臣都没有？

"当然，克琉布王家有许多家臣，人事权在我父亲手里。不过这次事出有因，我想他应该会答应。"

"您的父亲，也就是克琉布王殿下吗？"

"嗯。"公主理所当然地回答。

赛尔奈切实感受到，近在咫尺的这位少女具有高贵的血统。这让她重新畏惧起来。

"不过，你是反物质燃料槽的专家吧，在我家发挥不出你的技术。"

"啊，何其荣幸。"赛尔奈从没想过，公主不仅记得她的名字，甚至还记得她的职业，她感动得忍不住想哭。

"别再这样了。"拉斐尔很不耐烦。

"您说'这样'，是指什么？"赛尔奈很惊慌失措，生怕惹公主不快。

"算了。"公主无奈道,"总之,我建议你还是去能够发挥技术的地方。"

"您竟然为我这种下人考虑未来,我真是荣幸至极。可是公主殿下,这里已经没有我的容身之处了。"

"这我知道,"公主颔首,"我会带你离开,但不能保证让你在王家工作。"

"有您这句话就足够了。"最起码,公主会把她带到亚维之都拉克法卡尔吧,赛尔奈想到。

前面又是一扇门,家政室就快到了。

赛尔奈满心雀跃地开了门。

即将发生的一切,在拉斐尔的一生中只是小小的插曲。但对费布达修男爵领地而言,却是重大的历史事件。

附录：帝国星界军翔士军衔背景介绍

敕任翔士	
飞翔科	帝国元帅 星界军元帅 大提督 提督 准提督 千翔长
主计科	主计元帅 主计大提督 主计提督 主计准提督 主计千翔长
奏任翔士	
飞翔科	百翔长 副百翔长 十翔长 前卫翔士 后卫翔士 列翼翔士
主计科	主计百翔长 主计副百翔长 主计十翔长 主计前卫翔士 主计后卫翔士 主计列翼翔士

虽然亚维现在是大舰巨炮主义，但在帝国创立前后，主要依靠可搭乘一到三人的高机动战斗单位。该单位的操作员兼指挥员称为翔士。

当时星界军的编制基本为四机编队，组成菱形队列，指挥官打头，次席指挥官防御后尾。即是说，指挥官为前卫翔士，次席指挥官为后卫翔士，左右的操作员则是列翼翔士。视情况，四机编队会分散为两机编队，此时前卫、后卫翔士将各率领一位列翼翔士。

两个四机编队进一步合并，可以组成更高级别的战斗单位。指挥官战机会有一艘僚机伴随，正好组成十机的战斗单位，因此称十翔长。

在都市船亚布里艾尔就是亚维的全部领土时，所有战斗单位合计约一百架到两百架。于是抛去零头，将战斗单位部队的总指挥官称为百翔长，并配有数名副百翔长进行辅佐。

后来，星界军开始扩充，让百翔长指挥全军已不现实，于是设立了更高一级的千翔长。至此，战机数与阶级的联系已经模糊起来。

帝国创建后，亚维开始使用数艘母舰进行作战。母舰群需要统帅，由此任命了提督。

伴随帝国的扩张，母舰数量也随之增加，提督需要助手来率领分舰队，即设立准提督。

不久，随着宇宙战技术的进步，相比管理大量的高机动单位，使用大型舰艇编成舰队要更有效率。照此判断，百翔长以下的称呼完全成为阶级名，不再表示其具体职责。

帝国继续扩张，星界军的规模也相应扩大。

多艘舰队成为常规配置后，就要求比提督更高一级的军衔，这就是大提督，以及元帅。

这样又产生了别的问题。星界军足以胜任宇宙中的战斗，不过，为了在众多行星上确立并维持统治，地面战也就不可避免，而星界军无法兼顾。

于是，帝国另行设立地上军。原来的元帅成为星界军元帅，另设的地上军元帅则是地上军的统领。同时设帝国元帅，凌驾于二者之上。

不过，两军并立的时代非常短暂。地上军因其特性使然，多数都是地上世界出身的。即便出身地上世界，翔士以上依然可封士族或贵族，也就是与亚维享受同等待遇。然而，他们并不满足于此，最终发起叛乱，要求废除帝制。叛乱以主谋者命名，称"吉姆琉亚之乱"，为帝国史上最为重大的事件。

帝国好不容易成功镇压下叛乱，当即决定解散整个地上军。此后，地面作战部队改编为空挺科。空挺科并非独立的军队，而是作为一种兵科，隶属于各个镇守府或舰队。

地上军元帅之职虽被废止,但仍保留空挺元帅这一军衔,星界军元帅同样作为军衔予以保留。同时,随着各科地位向上提升,又新设主计元帅、军医元帅、技术元帅等军衔。

<特别说明> 特殊兵科除主计科外,还包括空挺科、军医科、技术科(以上各科最高军衔为元帅)、警卫科、法务科、看护科(以上各科最高军衔为大提督)、军匠科、造兵科、造船科、造机科、光子科、航路科(以上各科最高军衔为提督,更上位者由技术科统管)、军乐科(最高等级为百翔长)。

后记

大家好，我是森冈浩之。对大多数读者而言，估计是第一次接触我的作品。

我的短篇小说都是以近未来为舞台的朴素科幻（听起来好像我写了很多，其实就几篇而已），所以这次的长篇处女作想写个大宇宙舞台上的华丽故事。

不管怎么说，我的根还是宇宙科幻，然后再加点儿英雄奇幻吧。

既然要写科幻，怎么说也要在纸上构筑一个宏大的银河帝国。

至于为什么非要放到长篇处女作不可，当然是为了让只知道我那寥寥几个短篇的读者们大吃一惊。

既然是重要的长篇处女作，我自然是打算做出完美的世界设定和剧情，最好是项目策划通过之后再开始动笔。

可是呢，大概三年前我着手写这本书的时候，还只有很潦草的设定。

老实说,我是控制不住手痒,把空白软盘往文字处理机[1]里一塞就开始敲键盘了。

很多设定其实都是后来补加或删改的,我就把记事本放在文字处理机的键盘旁边,边写原稿边做设定。

至于剧情,那时候我是完全没谱的。

就这样,《星界的纹章》终于还是完成了。算上我的业余创作时代,这是我真真正正的第一部长篇小说。

人们常说"角色会动起来",我倒是切身体会了什么叫"角色擅自行动起来"的现象。

那项目策划呢,当然是没通过的,结果这本书就被否了。所以,从姑且算是完成一直到最后出版,中间花了相当长的时间。

而且运气不好,当时正赶上早川文库JA新创刊,那段时期要控制新作数量。最重要的是,无名新人要想推出不止一本的长篇小说的话,选择时机就很关键。

现在想来,那对我来说是段极好的写作成熟期。我想,正是多亏那段时间的反复修改,才能拿出更加趋于完整的作品。

就是这样,《星界的纹章》全部三本的原稿早就完成

---

1. 文字处理机,一种专用打字机,用来处理文字。

了。预计第二卷是五月出版，第三卷是六月。所以就算你是在发售当天买了这本书，也不用等太长时间。

希望大家能把这套书当作宇宙舞台的异世界幻想，轻松地阅读。还有，我的另外一个目标是让刁钻的科幻迷也大呼过瘾。

好了，就让我们在下一本《星界的纹章Ⅱ：微型战争》的后记里再会吧。

1996年3月10日